成り上がり弐吉札差帖

千野隆司

角川文庫
23867

目次

前章　切米の夜

一

雨は、夜のうちに止んだ。東の空が白んできたが、晴れるわけではなさそうだった。少し蒸し暑い。

浅草森田町の札差笠倉屋の店には、もう一刻（約二時間）前から明かりが灯されている。主人や若旦那、奉公人のすべてが目を覚まし、朝飯も食べ終えていた。

戦場のような一日が始まる。この日のために、何日も前から遺漏のないように支度を調えてきた。

店の戸は、まだ閉じたままだ。それなのに、店の前にはすでに数人の侍の姿があった。

「今日という日を、待ち焦がれていたのだろうな」

「まったく。二月に春の切米があって、三月待たされてようやく夏の切米が来たわけですからね」

「ああ、指折り数えていたことだろう」

「これからどんどん集まってきますね」

手代の丑松と猪作が話している。

笠倉屋にはこの他に佐吉と桑造という手代がいて、この四人はこれから店の前の蔵前通りの向こう側にある御米蔵へ出向く。皆、出入りの直参から預かった切米手形を懐にしている。

切米とは、将軍家の直参に与えられる禄米（給与）のことをいった。武家の給与は現金ではなく、米で与えられる。

家禄百俵の者は、その数量の米俵を受け取るが、それは年に三度に分けて支給された。春二月に四分の一の二十五俵、夏五月に四分の一の二十五俵、そして冬十月は残り二分の一の五十俵が支給された。

今日五月十日が、この年の夏切米の支給日となっていた。

「では、行ってまいります」

四人の手代の中で一番年嵩の丑松が、見送りに出た主人の金左衛門、若旦那の貞太郎、それに番頭の清蔵に告げた。同時に四人は頭を下げている。

「手抜かりのないようにおやり」

金左衛門が声をかけた。

「へい」

四人は返事をすると店の潜り戸の傍へ寄った。小僧の弐吉が、心張棒を外して潜り戸を開けた。中背だが奉公以来米俵を担ってきたので、肩幅があり胸厚な体だ。濃い眉で、意志のある眼差しが外に向けられた。

「おおっ」

「しっかりやってこい」

外にいた笠倉屋出入りの直参が、声を上げた。歓迎の声だ。普段仏頂面で店にやって来る者も、今日ばかりは上機嫌だった。

札差に出入りする直参を、店の者は札旦那と呼ぶ。直参は出入りする札差を、蔵宿と呼んだ。

直参の侍とはいっても、家禄の得方には二通りあった。知行地を与えられて土地の百姓から直に年貢を得る地方取りと、土地は与えられず米の現物を支給される蔵米取(まいと)りとに分けられた。

直参で蔵米を得るのは、おおむね禄高(ろくだか)の低い小旗本や御家人たちである。

丑松らが御米蔵に駆けてゆくのを見届けた弐吉は、いったん潜り戸をしめた。弐吉を含めた五人の小僧は、土間に待機する札旦那のための縁台を用意する。そこには煙草盆も置いた。

外の軒下には、昨日のうちから空の荷車が並べられている。小僧たちは、臨時雇いの荷運び人足たちと共に、この荷車で支給された米俵を札旦那の屋敷に運ぶ。札差の仕事の中心は、札旦那から依頼を受け、御米蔵から禄米を代理受領して換金をすることだった。札旦那たちは、支給された禄米の中から自家消費用の米を差し引いて換金し、それを現金の収入とした。

本来禄米の受領と換金は、蔵米取りが自らおこなうものだった。支給日には、受領する米の量やお役目、氏名などが記された切米手形を御蔵(おくら)役所に提出して順番を待った。そのときには、入口に立ててある大きな藁苞(わらづと)に手形を挟んだ竹串(たけぐし)を差した。これが差し札と呼ばれるもので、蔵米取りは自分の番がくるのを長い行列を作って待たなくてはならなかった。

受け取った米は、自ら米問屋へ運んで換金する。武家には慣れない手間のかかる仕事だった。

そこで登場したのが「札差」という商いだった。

札差は、蔵米取りに代わって差し札を行い、米を代理受領して米問屋に売却するまでの煩瑣な手間を請け負った。代金を渡し、売らなかった自家用の米を屋敷へ届けるまでを役目とした。

これらの一切を引き受けて、手数料を得る。蔵前通りには、多数の札差が軒を並べていた。どの店も、重厚な建物だ。

弐吉は十歳のときに笠倉屋へ奉公し、八年がたった。切米は何度も経験している。

早く手代になって、そういう仕事もしてみたいと思うこの頃だ。他の店では、同い歳で手代になる者も現れてきた。負けない働きをしてきたつもりだが、そういう段取りなどはすべて頭に入っていた。そろそろ御蔵屋敷での代理受領の手続きや受け取りなどの仕事もしてみたいが、それは小僧にはできない。

明け六つ（午前六時頃）の鐘が鳴って、蔵前通りが明るくなる。この頃には、荷を運ぶために移動する荷車や、売った禄米の代金を受け取ろうとする直参の姿が多くなった。

声は一切かからなかった。

「お待たせいたしました」

笠倉屋でも、店を開けた。外にいた札旦那たちが、店に入ってくる。お文(ふみ)や下働きの女中が茶を運んだ。この日小僧は、米俵の運びに忙殺される。

札旦那の屋敷は、一か所に集中してあるわけではない。江戸(えど)は広く、直参の屋敷はお城を中心に四方八方に散らばっていた。

笠倉屋を蔵宿とする札旦那は、百二十一家あった。このすべての屋敷に、今日を含めて三日から四日の間に、すべての自家用の米俵を運ぶのは、なかなかにたいへんだった。米俵はかさばる上に重い。また多くの家が、早い配達を望む。

蔵宿は、それに応(こた)えなくてはならない。

今日中に運ぶのは八十家ほど。地域ごとにまとめて運び、一家ずつ降ろしてゆく。誰がどこを、どう廻(まわ)るかは事前に決めていた。札旦那は代々変わらないから、道順はきっちりと弐吉の頭の中に入っていた。無駄な動きにならないように、注意をした。

手代たちは、この日までに札旦那から切米手形を受け取り、換金する米の量を聞いておく。毎年、大きな変化はないから、買い手の米問屋とはすぐに話がついた。

「うむ賑(にぎ)わっておるな」

身なりのいい四十年配の侍が、用人を伴ってやって来た。

「これはこれは、黒崎様」

帳場の奥にいた、金左衛門が上がり框のところまで出てきて迎えた。

「お陰様で、滞りなく進んでおります」

黒崎家も札旦那だが、他の旦那たちとは対応が別だった。黒崎禧三郎は、家禄四百俵で御納戸組頭を務める旗本だ。笠倉屋出入りの直参の中で、一番に高禄なのがこの黒崎だった。

副収入もあるらしく、金に困ってはいない。札差は禄米の換金の他に、金融もおこなうが、黒崎家は一文の借り入れもしていなかった。

「米の搬入は明日でよい。待っている家が多かろう」

「ははっ。番頭がついて伺います」

一口に札旦那とはいっても、黒崎のような高禄の御目見もいれば、微禄の下役や無役の者もいる。ただ二百俵を超える御目見でも、苦しいところは苦しい。黒崎は、例外といってよかった。

「では、邪魔をした」

黒崎は、様子を見に来たのだ。長居はせずに引き上げた。

その直後、二十人余りの荷運び人足が現れた。大きさの異なる十台の荷車が店先に並んでいる。これは自家用米輸送のために、笠倉屋が借り受けたものだ。店の荷車は、弐吉ら小僧が使う。

「では行きますぜ」

人足たちが、荷車を引き出した。御米蔵にいる丑松や猪作らから、受け取った米を問屋や笠倉屋へ運ぶ。笠倉屋へ運ばれた自家用の米は、各札旦那の屋敷に運ばれる段取りだ。

この頃には、米俵を積んだ荷車が、次から次へと蔵前の幅広の道を行き過ぎるようになった。車軸の擦れ合う音が響く。

雨上がりで水溜まりが各所にあるが、人足たちは気にしない。泥水を撥ね飛ばして進んでいった。

泥濘に、新しい轍を作って行く。

最初の米俵が、店についた。いよいよ弐吉ら小僧による荷運びが始まる。すぐに積み替えをおこなった。

「気をつけろ」

清蔵に言われた。早く荷運びを終えたい人足たちが急いでいる。無茶な運び方をする者がいるから、それに気をつけろという意味だ。通行人に怪我をさせてもいけない。

弐吉は雇いの人足二人と共に、まずは四谷方面の直参の屋敷を四家廻った。雨上がりの泥濘で、重い荷車を引くのは骨が折れる。

「おお、よく来た。よく来た」

声をかける前に、向こうから飛び出してきた。おおむね歓迎される。これは気分がよかった。

米俵の受取証を貰うと、次の屋敷へ向かった。

廻り終えて店に戻ると、丑松や猪作らの手代たちが戻って、売った米の代金を札旦那たちに渡していた。こちらから持って行ってもいいが、待ち切れず受け取りに来る札旦那が多かった。

「そこいらで、いっぱいやろうか」

「うむ。そうだな」

などと話をしている札旦那もいる。通りには、それを見越して酒を飲ませたり団子や饅頭を食べさせたりする屋台店が出ていた。

何回か店と札旦那の屋敷を往復した。休む暇もない。戻ればすぐに、次の屋敷へ向かわなくてはならなかった。

昼飯は、作り置かれている握り飯を頬張った。

急いでいた弐吉が店の前で出会ったのは、梶谷五郎兵衛という札旦那だった。袂の裾が擦り切れた着物で、袴は薄汚れている。一月ほど前に金を借りに来て、対談をした猪作に断られた札旦那だ。弐吉は慌てて頭を下げた。

「金子を受け取ったならば、これから支払いに廻らねばならぬ」

梶谷は気取らない。そんなことを弐吉に漏らした。

「すべて支払いを終えたら、どれほど残るかのう」

と続けた。出入りする札旦那は、黒崎のような者はごく少なくて、あらかたが梶谷のような懐に余裕のない侍たちだった。

弐吉が芝の札旦那の屋敷を廻って店に戻って来ると、すでに夕暮れどきになっていた。この頃になると、店にいる札旦那の姿が減ってきた。金子を受け取った者たちは、すぐに引き上げる。

「ふう」

とため息を吐いた。休む間もなく荷車を引いたり押したりしたが、ようやく初めに決まっていた分については運び終えることができた。小用を足す暇も惜しみながら動いた。ただまだ運び終えていないところもあるから、それがあれば手伝いの仕事となる。

骨惜しみをするつもりはなかっが、腹は減り始めていた。

　このとき荷運びの指図をしていたのは、猪作だった。近くには、大福帳を手にした貞太郎が立っていた。

「おい」

　目が合うと、猪作が声をかけてきた。倉庫の前だ。他にも小僧はいたが、猪作は弐吉に顔を向けていた。

「へい」

「この四俵を、本郷御弓町(ほんごうおゆみちょう)の村田豊之助(むらたとよのすけ)様の屋敷へ運べ」

　にこりともしない顔で言った。誰かをつけるとは言わない。一人で行けという意味だった。

「下谷龍泉寺町(したやりゅうせんじまち)ではありませんね」

　すぐにこの場を離れようとする猪作の背中に、弐吉は念を押すように言った。村田姓の札旦那は、二家あった。

「そうだ」

　猪作は、振り向きもしないで答えた。

　嫌な予感があった。猪作は面倒な仕事や厄介な役目を、弐吉に押し付けてくることが少なくない。理由は分からないが、嫌われているのは感じていた。

ただ今日中に運ばなくてはならないのならば、行かなくてはならなかった。

弐吉は、一人で荷車に四俵を積んだ。本郷御弓町は、蔵前から近いとはいえない。

荷車が屋敷前に着いたときには、だいぶ薄暗くなっていた。

「何だ、米か。しかし笠倉屋からは受け取っているぞ」

出てきた当主からそう告げられた。寄こすならば受け取るが、と続けられた。

「さ、さようで」

慌てた。そしてすぐに、「やられた」と胸の内で叫んだ。猪作の意地悪だと察したのである。

「すみません」

弐吉は荷車を引いた。おそらく、下谷龍泉寺町の村田家だったのだろうと察した。

店に戻って確かめてもよかったが、ここは間違いないと感じた。戻るとなると手間だ。

「くそっ」

腹は立ったが、とにかく急いだ。札旦那の屋敷では、待っているはずだった。

猪作は若旦那の貞太郎に気に入られている。それを良いことにして、年下の手代や小僧たちには、偉そうな態度を取っていた。

「貞太郎に媚を売っている」

と思うが、それを口に出すことはできない。他の小僧からも嫌われているが、特に弐吉には厳しく当たってきた。

下谷龍泉寺町の村田家へ辿り着いた。急いだので、汗びっしょりだ。

「ごめんくださいまし」

笠倉屋から来たと告げると、当主が飛び出してきた。

「遅い。何をしておった」

とどやされた。

腹を立てるのは当然だと思うから、弐吉はただ頭を下げた。さんざん苦情を言われた。猪作の意地悪だとは言えないから、弐吉は謝るしかない。

そして空腹に耐えながら空の荷車を引いて蔵前通りへ戻った。腹の虫が、しきりに鳴く。体力や膂力には自信があったが、空腹には勝てない。

道の途中で、暮れ六つ（午後六時頃）の鐘が鳴った。

まっすぐに延びる蔵前通りに出たときには、すっかり暗くなっていた。米俵を積んだ荷車で賑わった通りも、すでにしんとしている。

明かりが灯っているのは居酒屋など、飲食をさせる店だけだった。提灯を手にした通行人の姿が多少ある程度だ。

「おや」

ここで弐吉は、足を止めた。天王町のあたりだ。離れたところに提灯の明かりがあり、そこで人が縺れる姿を目にしたからだ。

「あれは」

刀を抜いて町人に襲い掛かる侍の姿が見えた。町人が手にしていた提灯が、地べたに落ちた。

「うわっ」

という叫び声。斬りつけた侍は、すぐに闇に消えた。

もう一人、刀を抜かない侍がいて、その者が屈んで倒れた町人の体に触れた。それからすぐに立ち上がると、その場から離れた。

二人とも頭巾を被っていた気がしたが、自信はない。

弐吉は荷車をそのままにすると、事の起こった場に駆け寄った。人が斬られたのならば、そのままにはしておけない。

そこで新たな悲鳴が上がった。女の声で、近くの者らしい。倒れている者に気が付いたからか。

　弐吉がその場に駆け寄ると、濃い血のにおいが鼻を衝いてきた。商家の主人ふうが、斬られて倒れていた。事件に気づいた近所の者も、姿を現した。提灯を手にしていて、倒れた体を照らしている。

「あっちへ逃げたぞ」

　そういう声があって、弐吉を交えた数人が追いかけた。相手が侍でも、怖いとは感じなかった。こちらは一人ではない。また喧嘩となれば、そこら辺にあるものを武器にする。子どもの頃から負けたことはなかった。少しは役に立てると思った。

　けれども通りは、すでに闇に覆われている。逃げる人影は見当たらない。賊を追うことはできなかった。

二

　八丁堀の自分の屋敷にいた南町奉行所定町廻り同心城野原市之助は、手先の冬太を相手に酒を飲んでいた。城野原は四十一歳で、町方同心として若い頃のような正義感はすでにない。

町の者の厄介な悶着に関わらされて、辟易とした思いで一日を過ごした。十八歳になる手先の冬太は、ぐれていたのを拾ってきて手先にした。孤児で、世間にある悪さは一通りしてきた。狡賢いやつだが、城野原の言うことはよく聞く。すばしこいやつで役に立った。

そこへ蔵前通り浅草天王町の自身番から商家の主人が斬られたと知らされた。すでに息はないとか。

「ちっ」

舌打ちが出た。せっかく気持ちよく酔い始めたところだった。蔵前と浅草寺門前界隈の町は受け持ち区域だから、知らぬふりはできない。

しかたなく城野原は、冬太を伴って現場へ赴いた。

現場には土地の岡っ引きと町役人が顔を見せていて、酔った野次馬も数名集まっていた。篝火が焚かれて、死体には藁筵がかけられていた。

早速、死体を検めた。

「これは」

斬られたのは、吾平という浅草三好町の魚油屋の主人である。見回り区域内の、表通りの住人だから顔見知りだった。

集金の後で酒を飲んだ帰宅途中にばっさりやられた。懐の財布は奪われていた。

「見事な斬り傷だな」

一刀のもとにやられていた。他に傷はない。殺った者は、見事な腕前の持ち主だと察せられた。

来ていた女房は気持ちが昂っていたが、落ち着かせて話を聞いた。直参に金が入って、各所を廻って掛売の代金を受け取った後のことだという。

「奪われたのは、どれほどの額になるのか」

「十一両以上のはずです」

「なかなかの額だな」

「酒なんて飲まないで、帰ってくればいいものを」

と女房は嘆いた。犯行の目撃者はこの段階で四人いた。まずは、瓦町の小料理屋から出て来た客と、これと一緒にいた店のおかみだった。

早速、状況を訊いた。

「やったのは侍で、目にしたのは懐から財布を抜いたところでした」

小料理屋の女房が口にした。帰る客を、見送りに出たところだった。地に落ちた提灯が燃えて、その場面が見えた。

「それで侍は、すぐに逃げました」

　姿は、浪人者のものではなかった。顔は分からない。

「侍は一人か」

「そうだと思います」

「刀は、抜いたままだったのか」

「さあ」

　暗かったし驚きもあったから、そこははっきりしない。見えたのは、斬られた町人が持っていたとおぼしい提灯が燃える間だけだったそうな。

「侍による物盗りか」

「直参ではなさそうですね」

　城野原の言葉に冬太が返した。直参は、懐があたたかい。そのような真似はしないだろうという読みだ。

　悪党もそのあたりの事情を知っていたのかもしれない。だからこそ直参の給与である切米の支給日に集金をした商人から、盗みをしたのではないかとも考えられる。

「決めつけるわけにはいかねえぞ」

　と城野原は返した。札差から多額の金を借りていたら、返済分を引かれるので手元に入る額が予想以上に少ない場合がある。それでも返しきれない借金があったら、悪巧みをするかもしれない。

「直参を廻って集金をした商人は、金を持っている。直参ならば気がつくことだからな、襲うことがないとは言い切れねえ」

送られた小料理屋の客も、同じような返答だった。

そして三人目は、悲鳴を聞いて目をやった荷運び人足である。近くの屋台店で酒を飲んでいた。今日は懐があたたかくて、いっぱいやったのである。

「侍は、あっちへ逃げていきました」

指差した先は、鳥越橋（とりごえ）は渡らず、猿屋町（さるやちょう）方向へ逃げたことになる。目にしたのは、財布を抜く場面からだ。闇に紛れ込んで行く侍の姿は、一人だけだったとか。

それからもう一人目撃した者がいた。札差笠倉屋の小僧で弐吉という者だ。この者も、岡っ引きは傍においていた。

「お侍は二人いて、一人が斬ってすぐに逃げました。それからもう一人が倒れた町人の体に触れて、後から追いかけました」

逃げた方向は、他の者が言ったのと同じ方向だったが、犯行をなした人数が違った。

「見間違いではないか」

った。

「いえ。離れていたのですが、提灯(ちょうちん)の明かりがありました」

物言いはしっかりしていた。おどおどした様子はない。証言に自信があるらしかった。

「ううむ」

一人と二人では、状況が変わる。首を傾げた。

それから土地の岡っ引きや冬太に、周辺の聞き込みに行かせた。城野原は同じ蔵前通りの茅町(かやちょう)の居酒屋へ行った。

まだ明かりを灯(とも)していた。蒸し暑いので戸は開いたままだった。中で飲んでいた侍も、事件のことは知っていた。

一刻近く前に、不審な動きをする侍はいなかったか尋ねた。

「そういえば、御米蔵方面へ向かう者を見かけたぞ」

酔った商人をつけてゆく感じだったとか。暮れ六つの鐘が鳴って間のない頃だと言うから、犯行のあった刻限とかさなる。侍に見覚えがないかと訊いた。

「さあ、しかとは分からぬ」

歯切れがよくなかった。

知り合いかもしれないと気づいた。

「これは殺しでござる。しかも金子を奪っていた」

大きな事件だとして、強く迫った。

「塚本伝三郎という者だ」

同じ札差大口屋の札旦那同士だから、顔も名も覚えていると言った。これは容疑者の一人になりそうだ。

次に蔵前通りの瓦町の木戸番小屋へ行き、番人に問いかけた。

「慌てた様子のお侍の姿は、見ませんでしたね」

そのときは、番小屋から外に目をやっていた。

「では侍は、通らなかったのか」

「いえ、ありましたね」

大身旗本とその用人といった気配の二人連れを見たとか。どちらも頭巾を被っていたらしい。

「この日は、夕暮れ時になっても、それなりにお侍の姿はありました」

「切米の日だからな」

「さようで。でもあのお二人は、直参でも蔵米取りとは思えませんでした」

御大身に見えたという話だ。違和感があったのだろう。

「初めて見かけたのか」

「いえ、二、三日前にも見かけたような」

もちろん、名などは分からない。用がある歩き方には感じなかった。

そして岡っ引きや冬太が戻って来た。

「猿屋町で走り去る侍を見た者がいたそうです」

岡っ引きが言った。侍は一人で、暗くて主持ちかどうか分からなかった。浪人かもしれないと付け足した。

冬太は鳥越橋の先、北側の通りで聞き込みをしたとか。

「主持ちの侍を見かけた者がいました」

荒物屋の隠居で、知人の家で碁をしていて暮れ六つを過ぎてしまったのだとか。斬った者かどうかは分からない。

「二人連れの侍を見た者は、いなかったのだな」

この問いかけには、岡っ引きも冬太も頷いた。

「ならばもともと、一人の犯行だったのか」

城野原は呟いた。二人の犯行ならば、夜の闇の中で別々に逃げたとも考えられる。

冬太が続けた。

「向こうから来たお侍と、ぶつかりそうになったと告げる者がいました」

蔵前通りの、糸屋の主人だ。

「いつのことだ」

「殺しがあった刻限の少し前頃のようです」

「どんな様子だったのか」

「侍は考え事をしているように見えたとか」

「見覚えのない者だったのだな」

「いえ。どこの誰かは分からないが、札差笠倉屋の前にいるのを見たことがあるとのことでした」

提灯の明かりがあって、すれ違うときに顔が見えた。すぐ近くだった。侍はその後、犯行現場の方へ歩いて行った。

「侍の顔を見たわけだな」

「顔というよりも、顎に一寸ほどの刃物傷があったということです」

「そうか」

手間はかかりそうだが、手掛かりは他にはない。まずはここから当たることにした。

第一章　消えた侍

一

表通りの笠倉屋の戸はすべて閉じられていたので、弐吉は裏から建物に入った。魚油屋吾平殺しの調べのために引き止められ、すっかり遅くなってしまった。腹も減っていた。

土間へ入ると猪作がいた。

「今まで何をしていやがった」

と怒鳴られた。

「下谷龍泉寺町の村田様へ、米を届けに行きました」

むっとした気持ちになって答えた。そもそも違う村田家を指図したのは、猪作の方だった。

「こんなに遅くなるわけがない、どこかで油を売っていたんだろう」

周囲に聞こえるような大きな声だった。

「猪作さんに、本郷御弓町の村田様へ運ぶようにと言われました。それで行ったら、うちではないと言われました」

不満が、一気に口から出た。そのまま続けた。

「それで下谷龍泉寺町の村田家へ行きました」

嘘ではないので、そう返した。自分への意地悪なのは分かっている。

「何だと、この野郎」

いきなり握った拳で、頰を殴られた。避ける間もない。さらに膝で腹を蹴られて、土間に転がった。

「自分の聞き間違いを、人のせいにしようというのか」

言い返したことに、腹を立てていた。猪作は間違いなく「本郷御弓町の村田家」と言ったが、とぼけるつもりらしかった。

「卑怯者めっ」

睨みつけられて、弐吉は睨み返した。殴り返したいが、それはできない。そこで言い返そうとしたが、貞太郎が現れた。

そういえばあのとき、貞太郎は近くにいた。耳にしたことを、言ってもらえると考えた。

「私は傍にいて聞いていた。猪作は、下谷龍泉寺町の村田家へ行けと告げていた」

体を流れる血が、一気に冷たくなったのを感じた。すぐには声も出ない。かっとしていた気持ちが冷めた。

「こいつらは組んでいる」

と悟った。若旦那が相手ならば、勝負にならない。出そうとした言葉を呑み込んだ。ただ睨み返すのはやめなかった。

「ふざけやがって」

もう一つ殴られたが、それでも睨み返すのはやめなかった。もう痛みは感じない。さらに殴られようとしたところで他の声がかかった。

「そこまでにしろ」

告げたのは、清蔵だった。

「顔が腫れては、店の仕事をさせられない」

そう続けた。

「へえ」

猪作は、満足そうに引き下がった。言い間違いについての確認も、殴りつけたことについての注意もなかった。これで弐吉の聞き間違いだと決まったことになる。猪作は貞太郎と、店の方へ行った。

清蔵が猪作の暴行を止めたのは、弐吉のためではない。店のためであり、厄介ごとを早々に終わらせたかっただけだと察した。

「自分に仲間はいない」

弐吉は無念の気持ちを呑み込んだ。それで怒りが治まったわけではないが、他に行く場所はなかった。

ここで耐えるしかないと、自分の気持ちを抑えた。浅蜊の振り売りをしていた父親は、八歳の時に亡くなった。母親は、通いの女中をしながら育ててくれたが、二年の後に失った。親戚などはない。天涯孤独の身の上になって、町役人の口利きで笠倉屋に奉公をした。

ここを出ても、行くところはなかった。

「あのう」

行ってしまおうとする清蔵に、弐吉は声をかけた。猪作について訴えようと思ったのではない。何を言っても、聞かないだろう。天王町で魚油屋の主人吾平が惨殺され、金品を奪われた一部始終を、偶然自分が目撃したことを伝えた。大事件だから、伝えておかなくてはいけないという判断だ。

城野原に証言をしたことも付け加えた。

「なるほど、襲ったのは二人連れの侍か」

清蔵は真剣に聞いた。

「それもあって、なおさら遅くなったのだな」

清蔵の眼差(まなざ)しが、前よりも緩んだのが分かった。

「へえ」

「なぜそれを告げなかった」

「言う暇がありませんでした」

顔を見るなり責められた。その後も、話すどころではなかった。

「そうか」

このとき、弐吉の腹の虫が鳴った。空腹を思い出した。少し慌てた。叱られるかと思ったが、それはなかった。

「さっさと食事を済ませてこい」

そう言ってくれたのでほっとした。頭を下げると、すぐに台所へ行った。手代と小僧は、台所で食事をする。

壁に棚がしつらえられていて、そこに各自の箱膳が収められていた。

自分の箱膳を取り出して蓋を開ける。中には飯と汁の椀、それに箸と香の物が入った小皿が入っている。香の物は、お文や台所の女中が入れてくれる。

「おやっ」

切米の日には、小僧にも目刺が一尾ついた。慰労の意味でつくもので、弐吉もいつも秘かに楽しみにしていたのだが、今晩は入っていなかった。皿だけあった。焦げた尻尾と鰭の滓が、わずかに残っている。

お櫃を覗くと、米粒が横や隅にこびり付いているだけだった。汁も残っていなかった。

「そうか」

すべて、他の奉公人たちに食べられてしまったということだ。通常ならば、帰りの遅い者の分は残しておくが、それはなかった。箱膳の中の目刺にも手を付けられていた。

「くそっ」

悔しい思いで、残っていた沢庵一切れを口に含んだ。

「猪作がけしかけたのに違いない」

と思ったが、責めても仕方がないと感じた。誰に聞いても、「知らない」と言うだけだろう。

「すきっ腹で寝るしかないのか」

そう呟くと、空腹は耐え難いものになった。ぺたりと尻を板の間について呆然とした。すきっ腹も辛いが、それ以上に一人も味方がいないという事実が胸に染みた。涙が込み上げそうになったが、ぐっと堪えた。泣いたら、自分を支えきれない。誰も見ていないところでも、駄目だと自分に言い聞かせてきた。

そのとき、抑えた足音が聞こえた。

はっとして目をやると、お文だった。白い握り飯二つと沢庵が載った皿を差し出した。

「お食べなさいな」

それだけ言うと、立ち去った。それ以上の言葉はない。

仰天して、すぐには言葉が出なかった。お文は一年半くらい前に江戸へ出てきて、笠倉屋で住み込みの仲働きの女中になった。清蔵の遠縁だとは聞いていたが、これまでまともに口を利いたことはなかった。弐吉よりも一つ歳上で、朝会ったときに挨拶をするくらいだ。

用件ははっきりと口にするが、誰かとおしゃべりをする姿や笑っているところを目にしたことはない。特別な気遣いを、決まった者にすることもなかった。

弐吉の目刺や飯などを、猪作らが食べてしまうのを見ていたのかと思った。

「ありがとうございます」

背中に向けて言った。

食べ終わった頃に、城野原と冬太が笠倉屋を訪ねて来た。金左衛門が対応した。清蔵は通いだから、すでに住まいに帰っていた。

城野原の声は大きかったので、すぐに分かった。今夜の事件についての問いかけだと分かったから、弐吉は土間の隅で聞き耳を立てた。あの後どうなったか、気になるところだった。

城野原は、顎(あご)に一寸ほどの刃物傷のある者について問いかけてきた。

「札旦那(ふだだんな)の中にいないか」

金左衛門は、丑松を呼んだ。個々の札旦那についてならば、丑松の方がよく分かる。

「それならば」

丑松は、すぐに答えた。弐吉も思い出した。

「梶谷五郎兵衛様ですが」

「どのような御仁かね」

「お歳は四十一歳で、家禄は百四十俵で御屋敷は本所南割下水の近くです」

丑松は、分かっていることを話した。

「借金は」

「だいぶあります」

城野原は、吾平殺しの下手人として疑っているらしかった。

丑松は、緊張した面持ちになって答えた。疑う理由が分かるからだろう。

札旦那の借金については外に漏らさないのが常だが、今回は人殺しだった。五年以上先の禄米まで担保にして、貸金の総額は七十二両になると伝えた。

「何かのお役目に就いているのか」

「いえ、無役かと」

「では禄米の他に、実入りはないわけだな」

「おそらく」

「では返済も滞っているのではないか」

「ええ。今以上は、ご用立てできないところです」

「そうか」

驚いた様子だった。話したことは口外するなと告げて、城野原は引き上げていった。

二

切米(きりまい)の翌朝、洗面を済ませた弐吉は、台所へ行った。一番年長の丑松が上座に座って、奉公人たちが朝飯を食べる。

小僧五人はすべてそろっていて、丑松が定位置に着くと、一同は頭を下げて食べ始める。

猪作や小僧たちは、何事もなかったように振る舞っていた。弐吉に声をかけて来た者はいなかった。まるでいない者として扱われているような気がした。

小僧たちが声をかけてこないのは、貞太郎や猪作に嫌われたくないからだと感じている。かまわず飯を食った。

昨夜飯がなかったことの恨みは口にしない。したところでどうにもならないのは、よく分かっていた。悔しさは内に秘めて力にするしかなかった。

そうやって、自分を励ましてきた。

お文は何事もなかったように過ごしていた。

「ゆうべは、ありがとうございました」

他の者に気づかれないように、小声で礼を言った。お文は何も言わず、ほんの少しだけ頷いた。

弐吉はそれだけでも嬉しかった。無視されていない。

笠倉屋では昨日に続いて自家消費のための米を配達する。札旦那の多くは、昨日のうちの換金と、自家用米の配達を求めた。しかし混雑するので、翌日以降でもいいという家もあった。

そういう家には、笠倉屋から木綿一反の礼をした。百二十一家の配達を、一日ですべて済ませるとなると、とんでもない労力となる。一俵の米は、慣れない者ならば、担ぎ上げることもできない。

弐吉は本所界隈の札旦那の屋敷三軒へ十一俵の米俵を一人で運ぶ。その三つの中に、梶谷の屋敷に近い家があった。

これまで弐吉は、梶谷屋敷へは何度か自家用米を届けたことがあった。梶谷の今回の切米は、他の小僧が昨日のうちに届けたが、ついでに様子を見てみることにした。

　敷地は百五、六十坪ほどで、垣根に囲まれている。枝を分けて中を覗くと、庭では花ではなく野菜を育てていた。暮らしの様相によっては、厳しいかもしれなかった。

　垣根の内側を窺っていると、十四、五とおぼしい男子を頭に四人の子どもが庭に出てきた。

「兄うえ」

　一番小さいのは七、八歳くらいの娘で、年嵩の男子を呼んだ。甘えている。これから、庭の畑の手入れを始めるらしかった。

　縁側に、母親らしい三十後半くらいの歳と思われる女が出てきた。痩せて、膚の色が驚くほど白い。病ではないかと、弐吉は感じた。そういえば、梶谷は金を借りに来たとき、妻女が病に臥していて物入りだと告げていた。

　暮らしは厳しいのかもしれない。改めて建物を見ると、充分な手入れができているとは感じなかった。

　一番上の男子が、下の者を指図して、茄子畑の雑草取りを始めた。

「まだ実は、取るなよ」

「分かっております」

一つ二つ下の娘が応じた。兄弟仲はよさそうだ。子どもが何か言うと、母親が笑った。時折、弱い咳をする。

弐吉は、少し妬ましい気がした。目の前にある光景は、弐吉の武家に対する印象とはだいぶ違った。梶谷の家族を見ていると、父と母のことが思い出された。

十年前、弐吉は父の弐助を亡くした。侍による狼藉が原因だった。弐吉は直にその場面を見たわけではないが、後にその場にいた人から話を聞いた。

その日、いつも通り浅蜊の振り売りをしていた弐助は、勢いをつけてやって来た荷車の前にいた。荷車との間には、老婆もいた。このままでは老婆が危ないと察した弐助は、「避けろ」と声をかけ前に出た。

ただそのとき、担っていた天秤棒には、浅蜊が半分ほど残っていた。その浅蜊が、近くにいた侍にかかった。供侍を連れた、身なりのいい侍だったとか。

老婆は荷車にはねられることはなかったが、浅蜊をかけられた侍の怒りは収まらなかった。

「無礼者」

と叫んだ。衣服が、濡れた浅蜊で汚れたのは確かだ。

「あいすみません」

弐助はそこで土下座をして謝った。しかし侍は、許さなかった。虫の居所が悪かったのかもしれない。殴る蹴るの乱暴を働いた。

周囲にはそれなりに人がいたが、その剣幕に恐れをなして、すぐに止めに入る者はいなかった。弐助がぐったりしたところで、その侍は我に返ったらしい。供侍と共に、その場から立ち去った。二人の姿が見えなくなった頃、土地の岡っ引きが姿を見せた。

弐助は戸板に乗せられ、医者へ運ばれた。手当を受けて、一時は回復しかけたかに見えたが、四日後に亡くなった。

定町廻り同心や土地の岡っ引きは、その主従の侍を捜したらしいが、捕らえることができなかった。名も分からない。

そのまま曖昧になった。

「しょせん、裏店住まいの振り売りってえことじゃねえか」

長屋の誰かが言っていた。八歳でも、弐吉には悔しさがあった。ただその持って行き先が分からなかった。

父亡きあと、母親のおたけは、自分を育てるために、通いの女中をして働いた。

無理をしたのだろう、病を得て二年後に亡くなった。

「大丈夫だよ。すぐに良くなるからね」

おっかさんは、何度もそう言った。銭がないから、医者に診せることもできなかった。

「浅蜊をかけられたお侍が酷いことさえしなければ」

すべてはあの日の狼藉が招いたことだと思えた。

弐吉には何もできなかった。両親のことは、ただ受け入れるしかなかった。ただ燻り残った恨みは、胸の奥に染み込んだ。それ以来侍は、誰であっても憎しみの対象でしかなくなった。

孤児となった弐吉を、長屋の者たちではやしなえない。町役人たちは、笠倉屋に奉公させた。

大人たちが話し合ってしたことで、望んだわけではなかった。

奉公してみて、徐々に札差の商いの内容が分かってきた。禄米の代理受領や換金だけが商いではないと分かった。直参にこれから先に支給される禄米を担保に、金を貸す商いだと知って驚いた。

代理受領や換金よりも、こちらの利益の方がよほど大きかった。札旦那が直参でありり続ける限り、この先の禄米は消えることがない。これを担保に金を貸す限り、取りはぐれのない金融となった。

威張り散らす札旦那もいたが、金を借りるために、対談する手代に頭を下げる者もいた。その光景を目の当たりにして仰天した。

侍は威張り、町の者にはやりたい放題だと考えていた。それがここでは、そうではなかった。

だから胸がわくわくした。憎い武家を懲らしめられる。それは、金の力だ。札差という商いの、面白さが分かった気がした。

「おとっつぁんやおっかさんを死なせた侍に、いつか金の力で仕返しをしてやる」

一口に武家とはいっても、威張っている者ばかりではなかった。そういう御家があるにしても、弐吉の武家への深い憎しみは消えない。

冷遇されながらも、弐吉は必死で働いている。そろそろ手代の声がかかってもいい頃となった。他の店では、同い歳の者がなっている。猪作も二年前に手代になった。だが、その気配はまるでなかった。

この日も、朝から曇天。今にもぽつりぽつりと落ちてきそうだが、畑仕事をする梶谷家の子どもたちは明るかった。

弐吉は、斜め向かいの屋敷から出てきた初老の侍に声をかけた。梶谷家の暮らしぶりを尋ねようと思ったからだが、声をかけただけで睨みつけられた。

「その方、商家の小僧のぶんざいで、わしにものを尋ねようというのか」

怒鳴られた。

「す、すみません」

謝るしかなかった。逃げるようにその場から離れた。

怒鳴りつけた初老の侍がいなくなったところで、弐吉はまた近寄って、今度は通りかかった老婆に問いかけた。

「梶谷様のご新造様の、お具合がよろしくないようで」

店の主人が案じて、様子を聞いてこいと告げられた形にした。丁寧に頭を下げている。

「確かに、よろしくないようです」

「どのような病でございましょうか」

「肺腑を患っているような」

おっかさんと暮らしていたときの長屋にも、肺腑を患って亡くなった人がいた。労咳という病だと聞いた。

「長いのでしょうか」

「先代の新造も、患っていた」

「うつったのでしょうか」

「そうやもしれぬ」

ここまで話したところで、老婆は行ってしまった。とはいえこれだけでも、状況は分かった。

二代にわたって新造が労咳だとなると、内証が厳しくなるのは当然だと察せられた。

店では金を貸せと粘る梶谷の様子だけを目にしていた。しぶとい印象があったが、借りなくてはならない事情があったことになる。

長年の治療費が、梶谷家の家計を苦しめた。ぼんやりとだが、そういうことが分かった。

そろそろ引き上げようと思った。これ以上ときを費やせば、油を売っていると、またどやされる。

だがここで、声をかけられた。荒い口ぶりだ。

「おめえ、さっきから何をしていやがる」

顔に見覚えがあった。同心城野原の手先の冬太だった。気の強そうな表情で、睨みつけてきた。腰に、房のない十手を差し込んでいる。

「い、いや」

慌てた。

「梶谷家を調べていたんだろ」

「…………」

店に知られれば厄介だという気持ちが、胸に湧いた。

「ど素人にうろうろされちゃあ、調べの邪魔になる」

「へえ」

「二度と関わるな。さっさと失せやがれ」

どやされて、弐吉は慌てて荷車を引いてこの場から離れた。梶谷五郎兵衛は、吾平殺しの容疑者の一人になっている。冬太は城野原に命じられてここに調べに来て、自分の動きが目についたのだろうと弐吉は察した。

三

魚油屋吾平殺しがあった翌朝も曇天だった。

「今にも降ってきそうですね」

「しばらくは、梅雨空が続くだろうさ」

冬太の言葉に、城野原は雲に覆われた空を見上げて言った。道端の梔子が、甘いにおいをさせている。

今日は、手先の冬太を伴って本格的にその探索に当たる。雨に濡れるのかと思うと、面倒な気持ちになった。城野原は正義感だけで動く人物ではないが、事実は突き止めなくてはならないという気持ちはあった。

昨夜の聞き込みで、容疑者は今のところ四人挙がっていた。

一人は茅町の居酒屋で飲んでいた同じ大口屋の札旦那が目撃した、塚本伝三郎なる者だ。確かめたところ、家禄百七十俵の表火番組頭で三十一歳。神田玉池稲荷近くに屋敷があるそうな。

二人目三人目は、瓦町の木戸番小屋の番人が不審と感じた大身旗本の主従の二人連れだ。何者かはまだ分からない。切米の夜に、御大身が夜歩きをしているのが、そもそも不審に感じられる。

最後は、糸屋の主人がぶつかりそうになった梶谷五郎兵衛だった。笠倉屋の札旦那だ。

「見事な斬り口から考えて、殺ったのは侍だとして、まずは一人か二人かだな」

城野原は呟いた。四人の目撃者の内、三人は一人だと言い、一人は二人いたと証言した。まずはここをはっきりさせたいところだ。それで容疑者が絞られる。

「二人と見たのは、あの小僧の弐吉という奴だけです。見間違いではないでしょうか」

冬太が返した。

「暗かったし、目撃した者の中では一番離れていたからな。ただ他の者は、吾平から財布を奪うところから見たと言っている」

襲い掛かったときから見ていたのは、弐吉という笠倉屋の小僧だけだった。

「斬った方のやつは、すぐに逃げたかもしれねえわけですね」

「そうだ」

梶谷については、昨夜蔵宿の笠倉屋で話を聞いたが、まだ調べは足りない。怪しい点が少なからずあった。冬太には屋敷周辺で聞き込みをしてくるように命じた。

そして城野原は、塚本と旗本主従について当たることにした。

一人になった城野原は、塚本の蔵宿である大口屋へ足を向けた。店の前には荷車が停まっていて、米俵を積んでいる。換金された代を受け取りに来た、何人かの札旦那の姿が窺えた。

切米二日目なので、店はまだばたばたしている。

「これは城野原様」

城野原が店の敷居を跨ぐと、すぐに店の者が気づいた。主人の弥平治は、鄭重に城野原を迎え入れた。

「お疲れ様でございます」

と続けた。昨夜の殺しについては、蔵前界隈では知らない者はいない状態となっている。そのお調べだと、察している様子だった。

弥平治は三十七歳で、なかなかのやり手だと伝えられている。札差はおおむね五年先の禄米までを限度にして、これを担保に金を貸した。とはいえ、それでは済まない札旦那の求めが少なからずあった。

大口屋では、五年以上先の禄米でもかまわず担保にして貸した。そういう店は多い。借りる方はそのときは助かるが、後でより苦しくなることになる。借りた金は利息をつけて返さなくてはならないからだ。

借りた額は増えるわけだから、返金額も増える。そしていよいよ返せなくなったならば、御家人株を売らせた。娘を売らせたという話も、耳にしたことがあった。

定町廻り同心をしていれば、いろいろな噂を耳にする。ただそれがどこまで事実かは、はっきりしない。

「念のために訊く。塚本殿は、多額の借金を抱えているのか」

下手人と決めつけるわけにはいかないので、断定的な物言いはしない。仮にも相手は直参だ。ここだけの話として問いかけた。

「それほど多くはありません。三十両ほどでございます」

家禄百七十俵からすれば、まだ貸せる相手だとか。追い詰められているとはいえない。

ただ借りた金は利息をつけて返さなくてはならないから、必ず奪える相手がいたら、そこを狙う可能性もあった。対談方の手代も呼んで確かめた。

「物入りという様子はなかったか」

「それはなかったと思います」

「剣の腕はどうか」

「馬庭念流の遣い手だと聞いていますが」

それならば、一刀のもとに斬り倒すことができただろう。

「ひととなりはどうか」

城野原の問いかけに、弥平治と手代は顔を見合わせた。

「かっとなれば何をなさるか分からない怖さはありますが、直参が十一両の金で人を斬るとは思えません」

手代が答えた。

「博奕や女はどうか」

「さあ、そういう話は聞きませんが」

そういう問いかけには、返事のしようがないと告げられた。そもそも塚本は、金を借りに来ることは少ない。

見えない部分での暮らしぶりは札差では分からないので、屋敷の近所までいって近隣の者から話を聞くことにした。

神田玉池稲荷の鳥居の見えるところまで行った。塚本の屋敷は二百坪弱の広さで、建物は古いがそれなりの修理はされていた。

二軒となりの屋敷の、十三、四歳とおぼしい部屋住みの若侍が出てきたので問いかけた。

「剣の腕はなかなかです。庭で稽古をつけていただいたことがあります」

「酒を飲んで、帰りが遅くなることはありませぬか」

「たまにあります。そういうときは、近寄るのがちと怖くなります」

「昨日は、酔って帰って来たのでは」

「ええ。家の者が、夜五つ（午後八時頃）近くに戻る姿を見たと話していました」

次は大身旗本の主従で、城野原は浅草瓦町まで戻って町の者に訊いて廻った。昨夜の二人の動きを探ったのである。昨夜すでに土地の岡っ引きや冬太が訊いて廻ったが、万全とはいえない。

「旗本ふうの主従は、たまに見かけますけどね」

そう答えたのは、裏通りに店を出す青物屋の主人だった。珍しいというほどではないと付け足した。昨夜は事件があった頃に湯屋へ行ったが、不審な者は見かけなかったとか。

「辻斬りですかね」

とも言った。

「しかしな、金を奪われているぞ」

「でも、物盗りの仕業だと思わせるためかもしれませんよ」

否定はできない。ただ十一両というのは、大金だ。吾平をわざわざ狙ったようにも感じていた。

五、六人目に、版木彫り職人に訊いた。犯行のあった頃、湯屋から帰って来たと近所の者から教えられた。

「ええ。ゆうべ湯屋からの帰りに、三十前後と三十代後半くらいの歳の主従を見かけました」

とはいっても、目にしただけだ。正確な刻限を思い出させると、事件があった少し前あたりと推察できた。

「湯屋を出て歩いていたときに、他に誰かを見なかったか」

「そういえば長屋の駕籠舁き（かごかき）が、空駕籠を担って戻るのとすれ違いました」

駕籠舁きの長屋へ行くと、二人はすでに稼ぎに出ていた。

「どこら辺にいるのか」

「浅草御門あたりで、客待ちをしているのを、見たことがあります」

井戸端にいた中年の女房が言った。二人の名を聞いて、浅草御門まで行った。客待ちをしていた駕籠舁きに問いかけた。

「そいつらなら、一刻ほど前に見かけましたぜ」

待つことにした。四半刻（しはんとき）（約三十分）ほどして、名を聞いた三十歳前後の駕籠舁き二人が戻って来た。

「ええ。昨日長屋へ帰る途中で、見かけましたぜ」

先棒の端に提灯(ちょうちん)をぶら下げていたので、顔が見えた。とはいえ、すれ違っただけだった。落胆はあったが、さらに問いかけた。旗本主従の姿を見た者は、多くはいないだろう。

「初めて見た顔か」

「いや、そうじゃありやせんね」

先棒が返すと、後棒が応じた。

「五、六日くらい前に、乗せたあれじゃねえかね」

「ああ、あれか」

思い出したらしかった。

「運んだのか」

「へえ。どこかで飲んだらしくて、殿様の方を乗せました」

「屋敷までか」

「そうです」

暮れ六つ過ぎのことだそうな。殿様はだいぶ酔っていた。家来の方は歩いた。乗せたのは、浅草御門の近くからだ。手応えを感じる返答だった。

「屋敷はどこか」

「駿河台でした」

「よし。乗せていけ」

殿様を降ろした屋敷の前へ行った。駕籠舁きたちは帰して、城野原は重厚な長屋門を見上げた。

間口は四十間（約七十二m）ほどあって門番所がついている。長屋は白壁で、下は海鼠壁になっていた。

近くの辻番小屋へ行って、初老の番人に屋敷が誰のものか尋ねた。

「四千石の宇根崎将監様ですよ」

御小姓組番頭を務めているとか。用人は阿部仙之助という者だと知った。定町廻り同心など、傍にも寄れない身分だ。

「剣術はなさるのかね」

「中西派一刀流の遣い手だとか聞いたが」

今日は登城をしたという。馬に乗っての、行列を見たそうな。

ならば戻って来るのを待って、その顔を見ておこうと考えた。

一刻半（約三時間）以上待って、ようやく行列が帰ってきた。馬上の宇根崎は胸を張っていて、凜々しい姿に見えた。用人阿部の顔も、辻番に聞いて確かめた。

その様子を見る限りは、怪しいとは感じなかった。

武吉を追い返した冬太は、梶谷家について近所の屋敷で訊いた。武家が町人を殺し、金を奪ったことには激しい怒りがあった。

冬太は十歳のときに火事で両親を亡くし、以後孤児となった。食うためにはかっぱらいや置き引き、何でもやった。幼い者だけでなく、歳上でも気の弱そうな者からは、小遣いや食い物を奪った。

町の嫌われ者になった。捕まって殴られることなど、怖くもなかった。そしてやくざ者の子分にされた。銭を渡され、人を刺すように言われて匕首を握った。さすがにこのときは震えた。

そのとき現れた城野原に匕首を奪われ、頬を張られた。目の玉が飛び出るかと思うほど痛かったが、その後で飯を食わせてくれた。親兄弟がないことを伝えると、八丁堀の屋敷へ連れて行ってくれた。

城野原家の下男になって、雑用をすることになった。二、三年前から、手先として探索の手伝いをするようになった。まっとうな暮らしができるようになったのである。

「旦那には、頭が上がらねえ」

と思っている。あのままやくざ者の子分になっていたら、今頃自分はどうなっていたか見当もつかない。

弐吉が廻ったところを訊いたのち、梶谷の妻女がかかっている医者の名を聞いて、そこへ行った。

町医者だが、患者が集まる医者だった。

「ああ、梶谷様ですか」

問いかけられた医者は、どこか投げやりな口調で応じた。それは医療についてではなく、他のことと感じられた。

「治療代や薬代が、そうとう溜まっているのではないか」

思い当たったことを、冬太は口にした。

「まあ。なかなかお支払いいただけません」

困惑もしているようだ。

「病は、重いのかね」

「まあ、湯治でもできたらいいのですがね」

と医者は返した。しかしそんな余裕は、梶谷家にあるわけがなかった。このままでは治る気配はないと告げていた。

「夫婦仲は」

「悪くはないようです」

医者はさらにつづけた。

「昨日、切米（きりまい）があって、溜まっていた治療代の一部を頂戴（ちょうだい）しました。ですがだいぶ困っているようではありましたな」

とはいえ医者も、薬代など受け取らないわけにはいかないのだろう。

「残りの金子（きんす）も、早く返していただけるようにとお願いしました」

申し訳なさそうに、医者は言った。梶谷が金に追われているのは、明らかだった。

「札差（ふださし）から、ずいぶん借りているようですがね」

「いや、それ以外からも、借りている様子でしたが」

はっきりした内容は分からないが、梶谷はそれらしい話を口にしたことがあったと付け足した。

夕暮れどきになって、雨が降り始めた。静かな小糠雨だ。

城野原は、戻って来た冬太の報告を聞いた。自身が調べたことは、冬太に話して聞かせた。

「奪った金が目当てならば、梶谷ですね」

伝え合ったところで冬太が言った。

「何か悶着があったとするならば、かっとした塚本あたりか」

「辻斬りとするならば、宇根崎と言ったところですね」

それぞれ言い合ったが、根拠があるわけではなかった。この三人の中にいるかもしれないし、いないかもしれない。決めつけるのは厳しそうだった。

「厄介な事件ですね」

冬太が言った。まだまだ調べが必要だ。

またもう一つ気になることがあった。一月ほど前の四月七日に、神田川北河岸で、久右衛門町の薪炭屋黒木屋の番頭平之助が、夜に惨殺され金子十五両ほどを奪われるという事件があった。

ばっさりと肩から袈裟に、一刀のもとに斬られていた。その上で懐にあった金子が奪われた。番頭の平之助は、昼過ぎから顧客を廻り集金をしてきたのである。

やり口は似ていた。界隈を受け持つ定町廻り同心は丁寧な調べを行ったが、下手人は捕まっていない。襲った者が一人なのか二人なのか、それさえはっきりしないまま、今に至っていた。

「同じ者の仕業ではないか」

気になるところだった。

四

夕方になって、ぽつりぽつりと空から冷たいものが落ち始めた。そしてさっと、細かい雨が降り始めた。

二軒先にある札差近江屋の主人喜三郎が、派手な衣装で幇間を供にして遊びに出る姿を弐吉は目にした。

春慶塗の宝仙寺駕籠が停まっていて、その周囲には数人の芸者たちが傘を手にして見送りに出ていた。甲高い女の声が響いている。これから、吉原へ繰り出すらしい。

喜三郎は、銀の針金の元結で、蔵前のお大尽の間で流行っている蔵前本多に髪を結っていた。黒羽織に鮫鞘の脇差を腰にしている。極上の絹物をぞろりと身に着けて、蔵前風と呼ばれるいでたちだ。通人を自称する者の身なりである。

「大げさなことをしおって」

通りかかった侍が、苦々しい表情で幇間や芸者たちに目を向けて言った。とはいえ札差から金を借りている身の上では、面と向かって苦情は言えない。

喜三郎は、見ている侍など歯牙にもかけず、芸者たちに冗談を言って笑わせ、さらには尻など触って悲鳴を上げさせ、宝仙寺駕籠に乗り込んだ。

そして駕籠はもう一つ、停められてあった。誰が乗るのかと弐吉が見ていると、現れたのは貞太郎だった。髷から衣服、脇差まで蔵前風に装っている。芸者が何か話しかけると、声を上げて笑った。

周りで見ている者のことなど気にしない。

この時代になって、日銭千両を稼ぐ場所は吉原の他に、木挽町の芝居小屋と日本橋の魚河岸だといわれているが、蔵前の札差もそれらに劣らない勢いを持っていた。金に飽かして、通人ぶる者がいた。『十八大通』と呼ばれた札差を中心にした分限者たちである。多くの庶民からは、傲慢な者という目で見られた。

中でも有名な庄左衛門という札差は、下谷界隈を蔵前風の身なりで歩いていた。

この姿を、髪結床にいた数人の若い衆が「似合わない」と嘲笑った。これを耳にした庄左衛門はすぐに髪結床の上げ板をはずし、床を打ち砕いた。膂力はあったらしい。

驚いた若い衆は、呆然とその様子を見ていた。髪結いの親方は詫びたが、庄左衛門はそれでは気が済まず、さらに気が済むまで店を打ち壊した。そしてさっぱりした顔になると親方の前に立った。懐から二十両を取り出して差し出した。

「これで普請せよ」

言い残すと引き上げていった。髪結床の修復には充分過ぎるほどの金額で、親方はかえって喜んだという話だ。しかし耳にした弐吉は、庄左衛門を傲岸で嫌な男だと思った。

けれども貞太郎は、十八大通の遊び方や金の使い方に、憧れているふうがあった。新調した美服をまとい、朝からそわそわしていた。

主人の金左衛門や清蔵は渋い顔をしているが、貞太郎の母であるお狛や祖母のお徳が甘かった。

「他の旦那衆に、遅れを取ってはいけない」

「立派だねえ」

ご機嫌取りをした。

金左衛門は婿である。商いのことならばともかく、そうでなければ、お狛やお徳には頭が上がらなかった。

見かねた清蔵が、お狛やお徳に意見をする。しかし返事は決まっていた。

「あんたがしっかりしていればいいんですよ」

と聞く耳を持たない。

「付き合いもあるじゃないか」

と貞太郎の肩を持つ。今でこそ笠倉屋は磐石だが、貞太郎の代になったらどうなるか、案じる者の声を弐吉は耳にした。

切米があって四日目、雨の日が続いている。ざあざあ降りではなく、ずっと小糠雨だ。蒸し暑いので、やや鬱陶しい。紫陽花が、鮮やかに咲いている。色や大きさが違って、目にするとほっとした。

昨日までで、すべての札旦那には換金した金子を渡し、自家用米の配達を終えた。札差としては、ほっと息を吐くところだ。弐吉ら小僧にとっても、仕事は少なかった。

さすがに昨日までは借金のための対談に現れる札旦那はなかったが今日になって、一人だけ笠倉屋を訪ねて来た。

「もうか」

居合わせた小僧たちは、顔を見合わせた。とはいえ切米で得た金子など焼け石に水で、贅沢をする札差を横目に、困窮する御家人は少なからずあった。

そういえば二月の春切米でも、数日で金を借りに来た札旦那があったことを、弐吉は思い出した。

「銀三十匁（約二分の一両）、何とかならぬか」

三十半ばの歳の札旦那で、家禄は九十俵だったかと弐吉は記憶している。出入りする札旦那の名と顔、禄高は頭に入っていた。

「もう五年以上先の禄米まで担保にしています。さすがにこれ以上は」

対談をする猪作が、下手に出て断った。笠倉屋は五年先の禄米までを限度にして金を貸したが、場合によってはそれ以上の分も禄米を担保に貸すことがあった。取りはぐれのない、禄米を担保にするからだが、それでも限界があった。

五年以上前の貸金が、まだ回収しきれていない札旦那もいる。相手によってどこまで貸せるか、これは札差にとっては難しい判断となる。拗れた場合には、清蔵の指図を仰ぐ。

公儀は、札旦那の暮らしを困難な状態にするまで貸してはいけないという触を出していた。それでも貸す札差はあったが、金左衛門と清蔵は、一応五年先までと線を引いていた。

それ以上だと札差としての利益が得にくくなる。額が増えすぎて、返済しきれなくなる札旦那が出るからだ。

もちろん何が何でも利益を出そうとする札差はいる。御家人株を売らせて、返済をさせるという手だ。

御家人株を売った後、借り手がどうなろうと知ったことではない。株を買った新たな者が札旦那になるから、札差としては何の支障もなかった。娘を売らせるなども、公になれば公儀が許さないが、内密に処理をする札差はいると聞いていた。

とはいってもそこまではしたくないのが、金左衛門や清蔵の本音だろう。娘を売らせるのも論外だ。

札差か金融で利を得ても、基本は直参の役に立つという矜持が金左衛門と清蔵にはある。弐吉は、二人の姿を日々目にしていて、それを感じていた。

「威張っている侍など、困らせればいい」

弐吉は日々、そう思って暮らしている。借りることができず肩を落として引き下がる札旦那の背中を目にすると、溜飲(りゅういん)が下がる。いい気味ではないかと思うが、札差のあり方としては、金左衛門や清蔵の口にすることが本筋なのだろうと学んだ。納得したわけではない。ただ札差稼業とはそういうものだという受け取りだ。

「いや、そうは参らぬ。何としても、入用なのだ」

猪作の客はしぶとかった。猪作の断りの言葉を受け入れない。

「なぜその金子(きんす)が、ご入用なので」

「ちと家の者がな」

それ以上は口にしなかった。猪作も、そこには踏み込まない。

「余計なことを訊(き)くな」

と怒り出す者もいる。もちろん困る暮らしぶりをことさらに口にする者もいるが、侍はおおむね見栄(みえ)っ張りだ。

「仕方がありませんね」

銀三十匁のところを銀五匁で提案した。札旦那は、何故その金子が必要なのか話さない。猪作も尋ねなかった。ただ銀十匁程度の裁量については、手代には与えられていた。

「いや、それではまずい」

札旦那は引かなかった。とはいっても、威張るわけでも大きな声を出すわけでもなかった。

「ですが六年先の禄米までとなりますと」

猪作は、笠倉屋の決まりというところで押し切ろうとしていた。しかしそれでは札旦那は納得しない。

しばらくは穏やかに話していたが、徐々に激昂してゆく。

「札旦那が困っているのだぞ。それを助けてこその札差であろう」

痺れを切らしたらしかった。顔が赤らんで歪んでいた。

それを目の隅に置きながら、弐吉は自分ならどう対応をするだろうかと考えた。

切米後わずか四日で金を借りに来るのには、それなりの事情があるからに他ならない。その事情を、もう少し掘り下げて聞いてもよいのではないかと思った。

借りられないにしても納得するかもしれないし、折り合える金高がはっきりしてくるかもしれない。

たっぷり一刻半、やり合った。たまりかねた清蔵が、猪作に代わった。

「入用なのは、お家の方のためとおっしゃいましたが」

穏やかな口ぶりだった。病なのかと問いかけたが、相手は首を横に振った。病だと答えれば、症状を聞いて場合によっては貸したかもしれない。ただいつまでも頼られることになると、札差としては対応できない。人助けのためだけで、金を貸しているわけではなかった。

「では、何でございましょう。だいぶお困りのようですが。よろしかったら、お聞かせくださいませ」

「そうだな」

ため息を一つ吐いてから、札旦那は口を開いた。

「実は、赤子が生まれるのでな」

「それはおめでたい」

清蔵はまずそう言った。七人目の子だそうな。産婆への礼の銭だと分かった。

「しかし産婆への謝礼でしたら、銀三十匁はいらぬでしょう」

他にも使いたいという腹で、多めに言っていたのか。

「銀十匁でいかがでございましょう。それならば産婆に払うことができましょう」

「ぎりぎりだぞ」

清蔵はそれには返事をせずに、猪作に祝いの品を持って来るようにと告げた。木綿一反だ。こういうときのために、用意をしていた。

結局札旦那は、それで引き上げた。貸金額を、極力抑えた形になった。

「番頭さんは上手だから」

あとになって猪作は仲間の手代に言ったが、弐吉はそうとは思わなかった。清蔵は、おべんちゃらなど口にしていない。金を借りに来た札旦那に、寄り添って対応したからだと弐吉は感じた。

五

翌日は、朝から雨だった。雨脚は弱いが、止む気配はなかった。蒸し暑さは、昨日よりもきつかった。滲み出てくる汗を、弐吉は何度も拭った。

札差は商人とはいっても、商いの品を並べて売っているわけではなかった。土間には、縁台が置いてあるだけだ。

直参の禄米を代理で販売はしても、通りかかりの客が買いに立ち寄るなどはなかった。

客はあくまでも出入りの札旦那だけとなる。そこで小僧は、札旦那が現れたときには茶を出し、待っている間に煙草や饅頭を買いに行くなどの小さな用事を引き受けた。

これは縁台に腰を下ろす客に近づかないといけない。その折には、刀の鞘に体を触れないように注意した。少しでも触れると、客によっては厄介だ。

「武士の魂を、何だと心得るのか」

というものが始まってしまう。

ことさらに大げさに言うのは、これからする対談を有利にしたいからに他ならない。だから小僧たちの動きには、注意が必要だった。

特に新米の小僧がいるときは、気を遣う。この新米の指導をするのは、小僧で一番年嵩の弐吉の役目だった。

弐吉は手代になっていい歳だが、まだなれていない。それは若旦那の貞太郎が反対をしているからだと察していた。

意地悪な猪作が、弐吉の悪口を吹き込んでいるのだろう。猪作は、弐吉を嫌っている。それは肌で感じていた。この一年ほどで、事あるごとに感じる。

「何かしたのかもしれない」

と振り返ってみるが、思い当たらない。

だが、これ以上反対されないためにも、仕事には人一倍取り組もうと気を引き締めた。

質の悪い札旦那の中には、わざと足がぶつかるようにする者もいる。新米の小僧は特に危なっかしいので、弐吉は気をつけて見ていた。

「無礼者」

という声が、この日も店の中に響いた。

「あいすみません」

ぶつかったというよりも、ぶつけられた印象だが、言い訳は利かない。

新米の小僧は慌てて土下座をしたが、それでは収まらない。

「どうしてくれる」

と凄んだ。自分の刀は、縁台に立てかけたままだ。

近くには猪作がいたが、何もしない。うんざりした面持ちで、弐吉に目を向けただけだった。

お前が何とかしろ、という目だ。

面倒なことは、いつも押し付ける。

「申し訳ありません」

弐吉も詫びに加わった。小僧の足が押し出された鞘に触れたのは確かだった。もちろんそれは、わざとだ。

「ああ」

面倒くさい始末を、しなくてはならない。叫んだ札旦那は、目を輝かせて睨みつけてきている。

「この店は、小僧のしつけをどうしているのか」

そこから責めてくる。

「畏れ多いお言葉で」

喧嘩別れはできないから、ともあれ引いて応じる。そちらが鞘を押したからだと言い返すのは、火に油を注ぐようなものだ。

「どうしてくれる」

と続けた。このときだ、新たな札旦那が姿を見せた。新たな札旦那は謝る弐吉らにちらと目を向けたが、そのまま縁台へ行って腰を下ろした。

そのとき袴が、怒っていた侍の鞘に触れた。

「ああ。お武家様の魂が」

弐吉は怒っている侍に聞こえるように言った。新米の小僧がしたのと同じ形だ。

ただ新たに現れた札旦那は、怒っている札旦那より家格も禄高も上だった。

怒っていた札旦那は、ちらと目をやったが何も言わなかった。

「何も言わないのか」

触れられたのは、尊い武士の魂である。口には出さない弐吉だが、怒らないのかという目を向けた。

「ううむ」

怒鳴っていた札旦那は、返事ができなかった。弐吉はそれで起き上がると、新米と一緒にその場から離れた。

もう何も言われなかった。新たな札旦那が来たのは幸いだった。

後になって、猪作が聞こえよがしに言った。

「あれは運がよかった。そもそもああなったのは、新米をしっかり仕込んでいなかった弐吉が悪い。手代になるなど、まだまだ先だ」

腹立たしいが、言い返しても仕方がなかった。

面白くない思いで外の通りに出ると、声をかけられた。

「あんた、しょぼくれた顔をしているよ。何があったんだよ」

威勢のいい娘の声だった。顔を見た。元旅籠町で母親のお歌が商う小料理屋雪洞で、手伝いをしているお浦だった。

いきなり口の中に、飴玉を押しこんできた。口中に甘みが広がった。嫌いではないが、年下のくせにこちらを子ども扱いする。

「ふん」

馬鹿にするなという気持ちになるが、それでも嬉しかった。これまでも、そういうことが何度かあった。気にかけてくれる、唯一の人物といってよかった。

お浦と知り合ったのは二年ほど前のことだ。蔵前通りを歩いていて、大型の野良犬が娘を前にして唸っているのを目にした。だらだらと涎を垂らしていて、目は焦点が合っておらず、尋常ではないと感じた。狂犬だと思われた。

周囲には人がいたが、何もできないでいる。娘はすっかり怯えていて、身動きもできないでいた。

弐吉は、どちらかといえば犬が怖かった。大きければなおさらだ。とはいえそれでは済まない。道の端に薪ざっぽうが落ちていた。弐吉はそれを拾って、犬に近づいた。

気がついた犬は、弐吉に顔を向けた。そこで攻める相手が代わったようだ。前足に力が入っている。

新たな怯えが湧いたが、怖いなどとはいっていられなかった。

弐吉は薪ざっぽうを振り上げた。そのとき唸りを上げていた狂犬が、飛び掛かってきた。

「やっ」

犬の脳天目がけて、弐吉は薪ざっぽうを振り下ろした。遠慮はしていなかった。

ぐさりという骨を砕く音がして、目の前で犬がばさりと倒れた。目から血が出ていて、鳴き声を上げることもなかった。

弐吉は、息を詰めてその姿を見ていた。

「ありがとう」

娘が礼の言葉を口にしたのは、しばらくたってからだ。このとき初めて名を知った。小料理屋雪洞のことは知っていたし、お浦の顔も見ていたが、これまで口を利く機会はなく、名も知らなかった。

それ以来、会うと声をかけてくるようになった。一つ年下だが上からの物言いをした。とはいえ、小僧だからと舐めているようには感じなかった。めげているときには、口に飴玉を押しこんできた。

味方はいないと思っていたから、その甘さは胸に染みた。

お浦は、なかなかの器量よしだ。雪洞が繁盛しているのは、おかみのお歌も器量よしで、客あしらいがうまいからだと聞いた。札差や大店（おおだな）の番頭がやって来る店だ。お浦に父親はいない。お歌の弟里吉（さときち）が板前をしていた。

貞太郎はお浦を気に入っていて、よく通っているらしい。

お浦に会ったことで、だいぶ気分が紛れた。飴の甘みが、口の中に残った。

六

その日の昼過ぎ、遠縁の米問屋の主人が、お狛とお徳を訪ねて来た。金左衛門も交えて話をしていた。

「どうやら若旦那に嫁を取らせる話らしいよ」

手代たちが話していた。興味津々だ。

婿であっても、商いについては金左衛門には絶対的な権限があった。しかしそれ以外では、お狛とお徳が家の中を仕切っていた。貞太郎の嫁取りについても同様だ。

帳場に戻った金左衛門が、それらしいことを清蔵に話すのを、弐吉は耳にした。

「その方が、落ち着くかもしれません」

「そうなるといいですね」

十八大通などと呼ばれて、贅沢三昧をしている札差はいる。しかし金左衛門は、そうではなかった。

貞太郎の浪費癖には、頭を痛めていた。

「しかし貞太郎には、その気がないようだ」

いい加減な返事をしていたらしい。

貞太郎は昨日吉原で遊んで、朝帰りだった。生あくびをしながら帰って来た。そしてお浦にも気があり、他の町の後家にもちょっかいをかけるなど、気が多い男だった。

商いにはほとんど関心がない。いなくても困ることはなかった。

「おやっ」

弐吉が表通りに出て客を送り出していると、城野原と冬太の姿を目にした。魚油屋吾平殺しの下手人は、まだ捕らえられていなかった。

探索のために歩いているのだと推察した。

調べがどの程度進んでいるか、弐吉には知るよしもない。本所の梶谷屋敷の前で追い返されて以来、冬太にはどこかで会っても睨みつけられるだけだった。嫌われているらしい。

探索の様子を訊くことなどできなかった。

ただあれから一度、城野原らは清蔵を訪ねて来た。札旦那である梶谷について話を聞いていった。

このとき弐吉は店にいなかったので、話の内容は分からない。弐吉も後になって、侍が二人いたことについて、確認をされた。その人数について疑っているらしかったが、自信があった。

「間違いありません」

と答えた。その中に梶谷はいなかったかと問われたが、それは分からない。顔はしかとは見えなかった。頭巾を被っていたような気がする。

米問屋の主人が引き上げて少ししたところで、大口屋弥平治が金左衛門と清蔵を訪ねて来た。

「これはようこそ」

金左衛門は愛想よく迎えたが、大口屋と笠倉屋では、四年前に荷車の手配について揉めたことがあった。

切米の折の自家用米の配達については、多数の荷車と人足を必要とした。それらは各札差が事前に手配をしておくのが常だが、それで悶着になることがままあった。

四年前のその時も、話をつけたつもりだった荷車や人足の手配が笠倉屋と大口屋で重複して、直前になって使えなくなることになった。

荷車は笠倉屋が使うことになったが、大口屋はその日配達を予定していた自家用米を札旦那のもとへ運びきれなかった。具体的にどう始末したかは分からないが、大口屋には少なくない損失があったはずだった。

今では表向きは、何事もなかったように二つの店は同業として付き合っている。しかし主人の弥平治の怒りや不満が、治まっているかどうかは思案の外だった。

「弥平治は笠倉屋を恨んでいる」

「きっといつか、その仕返しをしてくるぞ」

笠倉屋の奉公人たちの間では、そう話していた。

帳場の奥で、三人は話をした。このとき札旦那はいなかった。

店にいた弐吉は、聞き耳を立てた。

話の中身は、魚油屋吾平殺しの探索についてだった。

「どうやらうちと、こちらの札旦那が、怪しいと見られているようで」

弥平治が切り出してきた。大口屋の塚本伝三郎と笠倉屋の梶谷五郎兵衛の名が挙がっているとか。梶谷の名が挙がっているのは分かっていた。

「もう二人お旗本主従の名も挙がっているらしいが、そちらは十両程度の金で人を斬ることはないでしょうからな」

怪しいのは二人ということらしい。

「手を下したのが梶谷様ならば、笠倉屋さんが。塚本様ならばうちが、厄介なことになります」

「まったくです。間違いなく、御家がお取り潰し(つぶ)になります」

弥平治の言葉に、金左衛門が返した。三人は、ため息を吐いている。

「梶谷様には、大きな貸金があります。塚本様にも、あるのではないですか」

「まさしく。三十両ほどですが」

清蔵の言葉に、弥平治は大きく頷(うなず)いた。

「御家人株を売って、直参(じきさん)でなくなるのはかまいません。それならば、手に入れた金子(きんす)で貸金を返していただければそれでいい」

「まったくです。人を殺してのお家断絶では、何も残りません」

「まさしく。貸金は取れなくなりますからな」

三人とも渋い表情だ。

探索の行方を気にしているが、それは塚本や梶谷の身を案じるからではなかった。貸金が回収できなくなることを案じていた。

「塚本様は、先の切米の後に、対談に見えましたか」

「いや。おいでになっていません。前の切米のときには、四日後には顔を見せましたが」

と弥平治。金左衛門と清蔵が、顔を見合わせた。

「梶谷様も、まだお見えになっていません」

三人とも口には出さないが、金を借りに来ないのは、手持ちがあるからではないかと考えているからに違いない。盗んだ金があるだろうという話だ。

梶谷の方が貸金の額は多いが、これだけでは何ともいえなかった。

「どちらでもないといいのですが」

そう言い残して、弥平治は引き上げていった。

七

魚油屋吾平殺しの本格的な調べを始めて四日目となった。その間一日だけ雨がやんで少しばかり日が差したが、あとは雨が降っていた。

とはいっても、梅雨時の雨はどこか明るく感じる。美しく咲いた紫陽花（あじさい）や梔子（くちなし）を見かけると、冬太は少しの間見惚（みと）れた。

魚油屋吾平が襲われた件については、決着がつかないまま日が過ぎている。物盗（ものと）りか辻斬（つじぎ）りか、手を下した者が一人か二人か、それも明らかになっていない。

城野原と冬太は、四人の容疑者を洗い直した。

「旗本の宇根崎は、夜に出歩いているようです」

冬太が言った。冬太は屋敷付近の辻番（つじばん）小屋や、用人阿部が出入りをしている居酒屋を探し出して、聞き込みをした。傲慢（ごうまん）な態度や振る舞いはあったが、人を殺して帰ってきたという気配は、まったくなかった。

犯行当夜も、二人で屋敷へ戻って来たのを辻番小屋の番人は目撃していた。いつもと変わった様子はなかったとか。

「襲ったのが二人だと言ったのは、笠倉屋の弐吉だけです」

「見間違いだというわけだな」

「へえ。あいつずいぶんしぶといやつらしいですから、一度口にして、引っ込みがつかないのじゃあねえでしょうか」

冬太は笠倉屋へ行って、ちょうど店先にいた猪作という手代に問いかけをした。

「頑固で、己の都合の悪いことは認めない」

よくは言わなかった。猪作は腰が低くて、愛想がよかった。問いかけにも、気持ちよく答えた。

「後から店に入った者だから面倒を見てやりたいが、何をしでかすか分からないと案じていました」

下の者を、思いやるといった印象だった。

宇根崎については、下谷練塀小路の中西道場にも足を運んだ。出入りする門弟に問いかけた。宇根崎は剣の達人だが、人を斬るような者ではないと告げられた。四千石の御大身が、十一両のために人を斬るわけがないという判断だ。

辻斬りの可能性も捨てきれないが、塚本と梶谷の方が怪しかった。

どちらも金は欲しいところだ。ただ借金の額が多いのは、梶谷の方だった。

この四日の間で、城野原はそれぞれの蔵宿へ行って、梶谷と塚本の借金高を調べた。塚本は札差の大口屋から三十両だったが、梶谷は笠倉屋から七十二両あって、さらに町の金貸しからも三両を借りている様子だった。これは梶谷の剣術仲間から聞いた。

しかも町の金貸しからのものは、返済日が迫っていた。

「殺っているとしたら、梶谷の方だが」

確証はないが、城野原は呟いた。

二人とも、犯行があった日は札差へ行き、金子を受け取っていた。そのまま夜まで、屋敷に戻っていない。これも確かめていた。

「ええ。それしか考えられやせん」

冬太はそのつもりでいるようだ。

「いよいよ、顔を合わせて当たってみるか」

これまでは、直に当たらず周辺を洗っていた。金に窮しているとはいっても、相手は直参だ。躊躇いがあった。ある程度調べてから当たるつもりだった。

ただもう事件後五日目になっていた。どちらも、今日は屋敷にいることを調べていた。

城野原は冬太を伴って、まずは神田玉池稲荷近くの塚本屋敷へ行った。弱い雨が、止む気配もなく降り続いている。

続く雨で道がぬかるんでいる。傘を差し、水溜まりを避けて歩いた。

塚本は屋敷にいたので、問いかけをした。切米の夜の、魚油屋吾平殺しに関してだと初めに告げた。

腹を立てるならば仕方がないが、それを言わなければ問いかけはできない。どのような反応をするかも見てみたかった。

「それがしが、怪しいと踏んでいるわけだな」

迷惑そうな顔はしたが、腹を立てた気配はなかった。腰の十手に目を向けていた。

「あくまでも念のための伺いでござる」

城野原は答えた。

「あの日は、金子が入ったからな。酒を飲んでおった。事件の場近くにいたことは間違いない」

悪びれる様子はなかった。

「どこででござるか」

城野原は、下手に出ながら尋ねた。

「切米の銭を得た後、出入りの商人のもとへ支払いに行った。その後で鳥越橋の先、御米蔵の中の御門あたりに酒を飲ませる屋台が出る」

そこへ行ったというのだった。茅町の居酒屋で飲んでいた侍に姿を見られたのは、その折だと思われた。居酒屋の中から見られたことは、伝えていない。

切米直後には、人足たちや札旦那(ふだだんな)たちのために安酒を飲ませる屋台が六、七軒出た。中の御門は、夕刻には閉じられる。すると待っていたかのように、屋台店が姿を見せる。

「五合飲んで帰ったが、まずいか」

常に出るのではなく、このときだけだ。得体の知れない屋台店もあった。

「いや、それは」

銭を払って飲んだのならば、問題はない。

「切米があった日だけの、贅沢(ぜいたく)だ」

その気持ちは、理解できた。

「どこの屋台か、覚えておいでか」

「いくつか出ていた中の一つだ」

思い出そうとする様子を見せたが、すぐにあきらめた。

「魚油の赤い明かりがあっただけだ。親仁の顔には、光が当たっていなかった」

屋台の親仁の顔や名など分からない。

それではいた証明にならないが、いなかったことにもならない。まずはそこを、はっきりさせなくてはならなかった。

「手間を取らせ申した」

塚本と別れると、城野原は冬太を伴って御米蔵中の御門前に足を向けた。今は門扉が閉じられて、あたりは雨に濡れている。

ただ蔵前通りには、それなりに人の通行があった。旅人や僧侶の姿なども窺えた。

城野原は、町の木戸番の番人に問いかけた。

「切米の日に、中の御門の前で屋台店を出していた者を知らないか」

一人でも分かれば、そこから炙り出してゆく。

「そういえば、五、六軒出ていましたね」

番人は、そこまでは覚えていた。ただほとんどは見かけない者だった。とはいえ、作次という豆腐田楽で酒を飲ませる屋台の親仁だけは思い出すことができた。

住まいは近くの裏長屋だというので、場所を聞いて早速足を向けた。

「雨じゃあ、屋台店は上がったりですよ」

中年の親仁は、ぼやくように言った。

「ええ、飲みに来たご直参はけっこういましたよ。でもねえ。常連ではないし、暗かったし、誰が来たかなんて覚えちゃいませんよ」

屋台では、魚油の明かりを灯していただけだ。これ以上は、調べようがない。

次に城野原は冬太と共に本所の梶谷の屋敷へ行った。両国橋を東へ渡る。この頃には雨もだいぶ小降りになっていたが、止んだわけではなかった。

主人とおぼしい者が、庭で子どもと畑の野菜の手入れをしていた。小雨だからか、空を気にする様子はない。

「たのもう」

城野原は声をかけた。

庭にいた男が顔を向けた。その顎には刀傷があって、それで梶谷だと分かった。黒羽織を身に着けた城野原の姿を目にして、どきりとした顔になった。

とはいえそれは、少しの間だけだった。

ここでも城野原は下手に出て問いかけた。魚油屋吾平殺しの件だと伝えた上でだ。

「切米の夜は、借りていた金子の、利息を払いに行った」

問われたことに不満はあるらしかったが、返答を嫌がったわけではなかった。

「利息は、札差で払ったのでは」

「いや。それではないものだ」

相手は、元鳥越町の米屋の隠居の婆さんだとか。これは調べられていなかった。

刻限を訊くと、犯行のあった刻限に近かった。

「行きか帰りに、主人ふうの男とぶつかりそうになりませぬでしたかな」

糸屋の主人の話だ。

「そういえば、あったな」

帰り道だったとか。顎の刀傷を撫でながら答えた。

「それから、どうなされたかな」

「屋敷に戻った」

途中、何事もなかったと付け足した。怪しいとはいっても、それらしい証拠があるわけではないので、それで引き上げた。

そして元鳥越町の米屋の隠居の婆さんを訪ねた。声をかける前に近所の者に訊くと、小遣い稼ぎに四、五両くらいまでを、身元のしっかりした者にだけ貸しているのだとか。

「ええ、見えましたよ」

婆さんは答えた。狐顔で、気の強そうな目をしていた。利息を返しに来たという。変わった様子はなかったそうな。

「何か話はしなかったか」

「しました。少しでも元金を返してほしいって頼んだんですよ」

「それでどうした」

「そんな金子（きんす）はないって言って、怒って帰りました」

「利息は、やっと返しに来たと告げたわけだな」

「そうです。でもねその二日後だったっけ、夕方くらいに顔を見せたんですよ」

「ほう、何をしにだ」

思いがけないことだ。

「元金の一部を返しに来たんです」

「何だと、二日前はないと言ったのではないか」

「そうなんですけどね、何とかしたって」

「ううむ」

城野原は冬太と顔を見合わせた。金額は銀三十匁だった。一両のおよそ半分だ。

「どうやって手に入れたか、話したか」

「そんなことは、言いませんでしたね」

婆さんにしてみたら、返してもらえばそれでいい。

「吾平から奪った金の、一部じゃねえですかね」

隠居所を出たところで、冬太が言った。顔に火照り（ほてり）があった。目に力が入っている。

「初めはないと言っていた。それは嘘ではないだろう」

「ええ。それが急に、返せるようになった」

容疑者として名が挙がっていた中では、飛び抜けて怪しい者となった。城野原の腹の奥が、一気に熱くなった。

第二章　店の損失

一

大口屋弥平治が訪ねて来た翌日、梶谷が笠倉屋へやって来た。この日も雨だ。傘を差していたが、袴の裾を濡らしていた。

その姿を目にした弐吉はどきりとした。魚油屋吾平殺しの下手人ではないかと、城野原が目をつけていると分かるからだ。

「一両ほど申し受けたい」

言葉を耳にした弐吉は覚えず息を呑んだ。襲っているならば金を奪っている。借金のための対談など、必要ないだろう。

顔つきや様子を窺う限り、いつもと変わりはない。

帳場にいた金左衛門と清蔵が顔を見合わせたのが分かった。まだ現れる札旦那は多くなかった。

「どうぞ」

猪作が相手をした。梶谷家には、すでに五年先以上の禄米まで担保にして金を貸していた。基本としては、これ以上貸せない相手だった。

「何とかならぬか。家の者が病でな、薬代がいる」

これは金を借りようとする札旦那がよく口実とするものだった。本当かもしれないし、そうでないかもしれない。ただ梶谷家が借金を増やしたのは、先代が労咳でそれを看病した新造も罹患したからだと弐吉は聞いていた。

不運なことだが、だからといって言われるままに、金を貸すわけにはいかない。また大口屋の話を聞いているから、対談の内容が気になった。

「そうはおっしゃられても、何年も先の禄米を担保になさるのは、かえって苦しいことになるのでは」

猪作は、やんわり断っている。

ただ梶谷は粘った。引き上げる気配がない。

弐吉は帰る札旦那を見送るために、軒下まで出た。

「ありがとうございました」

と声を上げ、背中を見送る。金を借りに来る札旦那は客だ。その利息が、札差の実入りの大きな部分となる。

するとやや離れたところに、蓑笠（みのかさ）をつけた冬太が立っているのに気がついた。雨の中を、笠倉屋を見張っている印象だ。

「梶谷様をつけてきたのだ」

と気がついた。笠倉屋が目当てではないだろう。

「やはり」

昨日弥平治がした話は、事実だと思った。塚本よりも、梶谷の方が、怪しまれているのかもしれない。

目が合うと、冬太は近づいて来た。

「梶谷は、金を借りに来たのだな」

侍を呼び捨てにしていた。梶谷が吾平を斬ったと考えているようだ。

そして弐吉への態度は、横柄だった。

「へい」

「いくらだ」

「一両と、おっしゃっていました」

「そうかい」

不審な表情になったが、すぐに嘲笑うような気配も見せた。

「梶谷様は、とんでもないことをしているのでしょうか」

弐吉は問いかけた。気になるところだ。札旦那にも色々いて、威張り散らす者や小僧などはいない者のように扱う者もいたが、梶谷はそうではなかった。弐吉が知る限りでは、金のために町人を斬り捨てるような人には見えなかった。

すると冬太は、腹立たしそうな目を向けた。

「おまえは問われたことだけ答えればいいんだ。余計なことを訊くな」

とやられた。野良犬を追い払うように手を振ると、町木戸の陰に身を移した。まるで相手にされていない。

しかしそれには慣れていた。知りたいことを教えてやったではないかと考えるが、冬太は何とも思っていないようだ。

不満はあるが、気にしないようにする。

ただ次に来たときには、分かっていることがあっても教えてやらないぞと、その程度の意地はあった。

梶谷と猪作の話は四半刻ほどで済んだ。結局猪作は貸さなかった。清蔵とも相談済と見られた。

梶谷が引き上げた後、金左衛門と清蔵が話をしていた。

「梶谷様が困っておいでなのは分かる。まあ吾平さんを襲っていないことが前提になるが」

「そう見せるために、来たのかもしれませんよ」

怪しまれていると気づいたら、やっている者は何か工作をする。そういう見方だ。弐吉もそう思った。

ここで梶谷を見送った猪作が、清蔵に言った。手代は見送りなどしないが、気になって様子を見たようだ。

「城野原様のところの冬太が、店を見張っていたようです」

「ほう」

「梶谷様を、つけて行きました」

忠義面で、こういうところは抜け目ない。

「そうか。城野原様は怪しいと見て、見張らせているわけだな」

「そういうことでしょう」

金左衛門に、清蔵が続けた。

「梶谷様は、本当にやっているのだろうか」

「ないと思いますが、追いつめられれば、人は分かりません」

「それはそうだ」

「しかしやっていたとなると、他人ごとではありませんよ」

清蔵は、真顔になって言った。二人は深刻な表情だ。

梶谷に貸している金が、取り返せなくなるからだろう。それで笠倉屋の商いが傾くわけではないが、銭は一文でも大切にする。

商人とはそういうものだと、弐吉ら奉公人たちは教えられていた。

「一度その後の調べの様子を、城野原様に訊いてみましょう」

清蔵が言った。そこへ新たな札旦那が現れた。供侍を連れた身なりのいい侍だ。

「これはこれは、黒崎様」

金左衛門と清蔵が、帳場から出て迎えた。

家禄四百俵で、笠倉屋では一番高位の札旦那となる。用人の篠田中兵衛を伴っていた。家禄だけでなく、他にも実入りがあるらしく、金を借りに来ることは一度もなかった。

ただたまに顔を出す。

「先日の切米では、迅速な対応であった」

金左衛門と清蔵にねぎらいの言葉をかけた。笠倉屋では、最優先で黒崎家の仕事をする。盆暮れには、白絹などの進物をおこなった。

百二十一家の札旦那を抱えていたら、面倒な者もいる。しつこく、極端にうるさい札旦那には、黒崎に頼んで圧をかけてもらうこともあった。

金左衛門や清蔵は、黒崎のように使える札旦那は特別扱いをして、都合のいいように動かした。それも商人として大事な手腕の一つだった。

お文が、茶菓を運んできた。黒崎らは談笑している。用を済ませたお文は、すぐに引きさがった。

弐吉は、そのお文の後ろ姿を目で追った。食べ損ねた夕飯のことで世話になったが、あれ以来口もきいていない。何事もなかったように過ごしていた。

二

その日の暮れ六つ過ぎ、弐吉は清蔵の供をして、八丁堀の城野原の屋敷へ行った。事前に連絡をして、面談の時間を取ってもらった。

吾平殺しの件で、梶谷に関する調べの具合を聞くためだ。白絹一反の手土産を、弐吉が風呂敷に包んで持った。

清蔵は玄関の中に入り、弐吉は外の庇の下で雨を避けながらやり取りを聞いた。玄関での立ち話である。上がれとは言われない。

冬太の姿は見えなかった。

「魚油屋上総屋吾平さん殺しについて、直参梶谷様が下手人ではないかというお疑いは濃いのでございましょうか」

白絹一反を差し出したところで尋ねた。城野原には、これまでも不正にならない程度の進物を、盆暮れに贈ってきていた。

「疑わしい者は四人あるが、その中では一番だな」

「どういうことからでしょう」

「そうだな」

城野原は少し考えてから、三つを挙げた。隠そうという気配はなかった。笠倉屋が、容疑者梶谷の蔵宿だからだろうか。

まず一番目に、犯行刻限にその場にいたことを挙げた。ただこれは、他の容疑者も同じだ。

次に、その日は金がないと言いながら、翌々日には銀三十匁を金貸しの老婆に返金したこと。これは大きい。

その金は、吾平から奪ったものという推定が成り立つ。梶谷には、他に金を貸す者などいない。

三つ目は、直心影流免許の腕前で、見事な斬り口で人を斬れることだ。しかしそれだけではなかった。

「一月ほど前に、神田川北河岸で、薪炭屋黒木屋の番頭平之助が、集金帰りに惨殺される事件があった」

「ああ、そういえば」

清蔵が漏らした。弐吉も聞いた覚えがあった。下手人が捕まったという話も聞かない内に、噂話をする者もいなくなった。江戸っ子は、熱しやすくて冷めやすい。

事件は未解決のままだ。

「あのときは集金した十五両が奪われ、番頭が惨殺された」

吾平のときと同様、見事な斬り口だった。受け持ち区域ではなかったので、城野原は探索に当たった本所深川方の同心から詳細を聞いたとか。

「斬り捨てた侍は、浪人ふうではなかった」

やや離れたところから、襲撃の様を見ていた者がいた。乾物屋の若旦那で、酒を飲んだ帰り道だったという。

　悲鳴を闇の向こうから聞いて、目をやった。提灯（ちょうちん）が燃える中で、一人の侍が懐から財布を奪っていた。

「他に人はいなかったのですか」

「若旦那は、襲ったのは一人だったと言っている」

　暗かったので、他にも人がいた可能性は否定できないと付け足した。

　本所深川方の同心は、行き当たりばったりの者の犯行ではなく、黒木屋の事情を知る者の犯行だと考えた。その線で、調べを行った。

「顧客を当たったわけですね」

「そうだ」

　しかし襲ったと疑えるような者はいなかった。犯行のあった日時に、居場所を証明できない者もいたが、それだけで怪しいとは決めつけられなかった。

「ともあれ、黒木屋へ行ってみた」

　城野原は話を聞いてから、改めて大福帳で顧客を確かめた。

「するとな、見覚えのある名が現れた」

「まさか、梶谷様では」

清蔵は半信半疑といった口ぶりだった。

「図星だ。何年も前から、梶谷家では黒木屋から薪炭を仕入れていた」

事件の直後にも検めていたが、そのときは梶谷の名など疑いの対象にならなかった。その他大勢の一人だ。

「梶谷は、黒木屋の事情をある程度知ることができたと考えていい。出入りをしていたわけだからな」

「しかしたまたま重なっただけかもしれません」

清蔵は慎重だ。

「無論だ。ただな、二つの事件での殺害の仕方は同じで、奪い方も似ている」

「なるほど」

「名が挙がったとなれば、怪しいとするのが当然であろう」

「その通りで」

清蔵は引いた。

「賊が二人とするならば、梶谷に仲間がいるはずだが、それにあたる者は現れない」

そうも城野原は言った。また黒木屋の番頭平之助殺しの調べの中では、塚本や大身旗本らしい人物の名は挙がっていない。どちらも、黒木屋とは関わりがなかった。

「とはいえ調べを進める中で出てくれれば、話は別だ」

「それで黒木屋事件のときの、梶谷様の動きは」

「当たったのだがな、はっきりしなかった」

城野原も、手をこまねいているだけでないことはよく分かった。念入りな調べをしているらしい。

帰路、弐吉は清蔵に問いかけた。

「やはり梶谷様が怪しいのでしょうか」

余計な口を利くなとどやされれば、それで黙るつもりだった。しかし清蔵は、猪作や冬太とは違った。

「城野原様は、梶谷様を怪しいとして調べを進めるだろう」

状況からいけば、そうなると弐吉も思う。ただ得心がいかない部分もあった。清蔵は続けた。

「城野原様は、思い込むとそのまま進んでしまうところがある」

「…………」

「それは危ない」

「梶谷様を下手人にしてしまうということですか」

「それは分からないが、悪いやつがいたら、梶谷様が下手人になるような細工をするかもしれない」

「まさか」

その弐吉の疑問について、清蔵は返事をしなかった。ただ梶谷の犯行かどうか、疑いを持っているのは明らかだった。

そして問いかけてきた。

「おまえは、吾平さんが斬られた場面を見たわけだな」

「へい」

「もう一人侍がいたのは、間違いないのか」

これは城野原からも重ねて問いかけられていた。

「間違いなく、二人でした」

これについては、誰に何を言われても変わらない。

「そうか」

聞いた清蔵は、何も言わずに考える様子で歩いた。

三

浅草御門を北側に出て、弐吉は清蔵について蔵前通りに出た。雨に濡れた蔵前通りが、まっすぐに北へ延びて闇に消えている。

人通りは少ないが、飲食をさせる店が明かりを灯していた。番傘にかかる雨の音が、微かに聞こえた。

歩いて行く清蔵と弐吉の前に、一本の傘を差した男と女が現れた。男の方が、何かしきりに話しかけている。

男はだいぶ酔っていた。傘を差している上に暗いからか、後ろを行く清蔵と弐吉には気付かない。

「きゃあっ。そんなに押したら、濡れますよう」

女が、派手な声を上げた。怒っているようには感じない。

「濡れるならば、もっと体を寄せればいい」

二人は体をぶつけるようにして、前を歩いて行く。

声と体つきで、男の方は貞太郎だと分かった。女はお浦だと気がついて、弐吉はどきりとした。

笠倉屋の者たちは、吾平殺しの成り行きに目を向けている。事件の行く末を案じるのは、梶谷家が廃絶になることではなく、そのために笠倉屋が大きな損失を被ることになるからだ。善意ではなく、商人としての目だ。

しかし貞太郎は、その件にはまったく関心を示さなかった。どこか他人事で、商い全般に関心が薄いのはいつものことだった。

一度手代に代わって札旦那と対談をおこなったが、強く出られて驚き、不必要に貸してしまいそうになった。それに懲りたのか、二度と札旦那と向かい合うことはなくなった。

店の様子を眺め、算盤を弾きながら商い帖に目を通すだけが商いとの関わりになっていた。とはいえ、算盤の腕だけは確かだった。

弐吉は、清蔵と共に前を行く二人に目を凝らした。

お浦は明らかに、体を寄せられるのを嫌がっている。しかし貞太郎はかまわず、お浦の体に触れようとした。ただお浦は強くは出ない。上手にかわしている。

貞太郎が小料理屋雪洞の上客だからだ。

弐吉は清蔵に目をやる。貞太郎の態度は、傲慢ないやらしいものに感じた。清蔵が、何か注意するのではないかと考えたからだ。

清蔵は商いについては、貞太郎に対して遠慮なくものを言う。金左衛門よりも厳しかった。

それが弐吉の頭にはあった。しかし清蔵は何も言わなかった。

清蔵は笠倉屋先々代からの子飼いの奉公人で、叩き上げで番頭になった。十一歳のときに、上野国那波郡本庄宿近くの村から出て来た。

商いについては、笠倉屋にはなくてはならない存在だ。

札差は自前の金だけで、札旦那に貸しているわけではなかった。金主を得て、利息を払って融通をしてもらっていた。その金主との対応は、札差商いの要となった。

また札旦那対策や、米の換金についても、問屋との繋がりは金左衛門以上だった。

お狛やお徳も一目置いていた。

ただそれは、商いについてだけだ。主家の諸事情には関わらない。お狛やお徳も関わらせない。

そこに貞太郎がつけ上がる土壌があった。誰もが感じていることだが、それを口にする者はいなかった。

清蔵は独り者で、森田町内にしもた屋を借りて、婆さんを女中として使っている。

江戸の身内は、遠縁のお文がいるだけだ。楽しみは、家で一人で酒を飲むことと囲碁だけだった。

「何が楽しみで生きているんだろう」

と陰口を利く手代もいるが、弐吉には清蔵の気持ちが少し分かるような気がしていた。札差としての商いを極めるのが、弐吉の目指すものだ。

清蔵を商いに向かわせてきた心の根にあるものは知るよしもないが、向から先は同じだと感じていた。

「清蔵さんは、数十年後の自分だ」

胸の内で折々呟いた。とても口には出せないが、いつかは今の清蔵を超えてやるとの野望もあった。

手代は給金が出るから遊びに行く者がいるが、弐吉は羨ましいとは思わない。自分が目指すのは、一人前の札差になることだ。威張り散らしている侍に、金の力で仇を討ちたいという思いは揺るがない。

おとっつぁんが亡くなった恨みは、片時も忘れたことはなかった。死に至らしめた侍が何者かはまだ分からないが、突き止めたい気持ちは奉公したときからずっと消えずにあった。

そのためには、まず札差としての商いを身につけなくてはいけない。

小料理屋雪洞の明かりが見えて来た。ここでお浦は、濡れるのもかまわず傘から飛び出した。

「じゃあ若旦那、これで。飲みすぎちゃあいけませんよ」

明るく言い放つと、お浦は店に駆けて行った。巧みに水溜まりを避けてゆく。

「ま、待て」

貞太郎はさらに何か言ったが、お浦はもう振り向かなかった。

あっけらかんとした様子に見えるが、きっぱりと貞太郎を拒絶していた。雨の中をかけて行く姿は、見ていて気持ちよかった。

追いかけようとする貞太郎に、清蔵が声をかけた。

「若旦那」

振り向いた貞太郎は、清蔵を見て白けた顔になった。立ち止まったが、何も言わない。

そのまま雪洞とは違う方向へ行ってしまった。

弐吉は清蔵とは別れて裏口から店の建物に入った。

夕食を取る前に出たので、腹が減っていた。台所には、すでに人気はない。飯と汁は、この前と同じようにもうないだろうなと考えた。

それでも自分の箱膳を出した。手にすると、いつもと重さが違う。蓋を取ると、握り飯と香の物が入っていた。飯や汁は空だ。

「ああ」

弐吉は声を漏らした。お文が拵えてくれたと分かるからだ。お文の姿はない。礼は言えなかった。

薄暗い人気のない台所で、弐吉は握り飯を口にした。

四

翌日、弐吉はお文に礼を言いたかったが、台所には他に小僧たちがいて礼を言えなかった。お文は目を合わせない。

働き者だが、いつも目立たないようにしている。弐吉は、笑っている顔を見たことがなかった。もっとも顔を合わせる機会も少ないから、本来の暮らしぶりがどうなのかは分からない。

以前暮らしていた土地で、祝言を挙げることが決まっていたが、何かの事情でそれが壊れた。土地にいづらくなって、傷心を抱えて清蔵を頼って江戸へ出て来たと聞いたが、詳しいことは知らされていない。

ただ暗い表情を見ると、よほどの何かがあったのだろうと、弐吉にも推察ができた。

これまではあまり気にもしなかったが、二度も握り飯を食べさせてもらって、どうでもいい人ではなくなった。姿が見えると、何をしているのかと思う。

お文は女中でも、清蔵の縁者で下働きではないから、書の稽古（けいこ）に通わせてもらっていた。唯一の楽しみらしい。

この日は久しぶりに雨が止んだ。日差しが雲の間から覗（のぞ）いている。蒸し暑さも薄れて、だいぶ過ごしやすかった。

昼を過ぎたところで、お文が外出をしたのに気付いた。書の道具を入れた合切袋（がっさいぶくろ）を手にしている。稽古に出たのだと分かった。

「お文さん」

弐吉は追いかけて通りで礼を言った。それまで、礼を言う機会がなかった。

「今度は、番頭さんに言われたんです」

お文は、にこりともしないで言った。今回もお文の好意かと思ったが、そうではなく清蔵に言われたからだと分かった。少しがっかりした。

「どうして番頭さんは、わざわざそれを」

「遅くなるかもしれないからと言っていました」

切米の日に、遅くなって食べ損ねた話をお文は清蔵にしたらしい。

「そうですか」

清蔵の気遣いだというのは驚きだった。厳しい対応はいつものことだが、気遣いをされたのは初めてだ。

ありがたいと思った。

そういえば昨日も、事件について起こっていることを、ちゃんと話してくれた。半端扱いはしていなかった。

認められている、という気持ちが胸を熱くした。初めての気持ちだ。

「それじゃあ」

お文は他には何も言わないで、そのまま行ってしまった。

手代の猪作がこの半年から一年くらいで、妙に意地悪になった。それまでは今ほど露骨ではなかった。なぜなのかは分からない。

何かあったかと、頭を捻(ひね)っても浮かばない。

猪作は若旦那のご機嫌取りをして気に入られている。他の手代や小僧たちはそれを見ているので、弐吉には冷ややかになった。

笠倉屋に味方はいないと居直っていたから、思いがけない人物がまともな対応をしてくれているのは力強かった。

お文を見送っていると、横から声をかけられた。女の声だ。ちょうど小料理屋雪洞の前だった。

「あんた、お文さんとの間に、何かあったのかい」

お浦で、不思議そうな口調だった。釣り合わない二人だと見たのかもしれない。

「何もないけど、お礼が言いたかっただけで」

「ふうーん」

さして関心がある顔ではなかった。それ以上問いかけられなくて助かった。何を訊かれても、答えようがない。

「ええとね。少し前、面白いことがあったよ」

それで呼び止めたと分かった。

「何があったんですか」

「昼を食べに、貞太郎さんと城野原さまが、うちへ来たんだよ」

「へえ」

魂消た。しかしよく考えると、驚くこともない気がした。

城野原と冬太は、梶谷を吾平殺しの第一の容疑者として洗っている。貞太郎が札旦那に無関心なことを知らなければ、何か話を聞きたいと考えるだろう。梶谷の蔵宿の若旦那は、尋ねるのにちょうどいい。冬太はいなかったとか。

雪洞は、夜は酒を飲ませる店だが昼は食事をさせる。味も良いというから、繁盛をしていた。

「あんたのことを、話していたよ」

「えっ」

驚いた。どちらも、自分のことなど相手にしていないと思っていた。

「どんな話ですか」

それを言いたくて、声をかけてきたのに違いない。

「あんたがいい加減なことを口にする者かどうか、城野原さまは確かめたかったらしいよ」

「なるほど」

弐吉は、吾平を襲った侍は二人いたと証言している。他の目撃者は、一人だと告げていた。

「それで若旦那は、何と答えたのですか」

何となく見当はついたが弐吉は問いかけた。

「頑固で、一度言い出すと聞かないやつだと言っていた」

それくらいは、口にするだろうと考えた。

「いや、そんなつもりはないですがね」

「城野原さまは、賊が二人か一人か、そこを探っているらしかった」

予想が当たった。それで容疑者が変わる。一人ならば、梶谷という線が濃くなるのだと察しがつく。

だから城野原は、貞太郎から弐吉の言葉が信頼に足りるかどうか確かめたのだ。

貞太郎は、信頼に足らないと答えたことになる。

貞太郎の言葉を、城野原がどこまで真に受けたかは分からない。ただ梶谷への疑いは、濃くなったかもしれないと思った。もし猪作に問いかけていたら、弐吉については もっと酷いことを口にしたかもしれない。

吾平殺しの下手人は二人ではなく、一人だったという結論に繋がる。

城野原はすでに、梶谷の犯行だとして調べを始めている。梶谷が否定できない状況証拠を探してくるかもしれない。

「あんた、気をつけないといけないよ」

「どうしてですか」

それは納得がいかない。

「庇(かば)っていると思われたら、損じゃないか」

「まさか」

思いもしない考え方だった。とはいえ、ないとはいえない。

お浦は話したいことだけ口にすると、雪洞へ戻って行った。

五

梶谷が本当に吾平を殺し金子(きんす)を奪っていたのならば、それは仕方がない。切腹だろうが、お家断絶だろうが、なればいい。

しかし弐吉にしてみると、梶谷ではないという気がした。

翌々日に返金した銀三十匁をどう都合したか分からないが、犯行は二人だったという事実は変わらない。梶谷がやったとするならば、どこかに仲間がいなくてはならなかった。

それを清蔵には伝えた。

城野原や冬太が洗っているはずだが、昨夜の段階では摑めていない気配だった。

「おい」

古参の手代丑松に呼ばれた。本所南割下水近くの札旦那の屋敷へ行って、米一俵を引き取ってこいというものだった。

自家用の米として引き取ったが、その家の内証は厳しく、一部を換金したいという申し出があったとか。借金をしたくなかったり、もう札差から借りられなくなっていたりする者の中では、そういうことがたまにあった。

札差では、手数料を取ってそうした手間も代行した。

弐吉は荷車を引いて出向いた。古びた建物は、いく分傾きかけている。受け取ったのは一俵で、家禄は七十俵の家だった。米俵を荷車に積むとき、その家の十歳くらいの男児がこちらを見ていた。

何も言わないが、その眼差しを見つめ返すことができなかった。

武家屋敷の並ぶ道を、弐吉は荷車を引いて歩いて行く。少し行ってから、梶谷の屋敷が近いことに気がついた。荷を引いたまま様子を見に行くことにした。

前にも様子を見にきたことがあるので、場所は分かっていた。

梶谷の屋敷は、今行った屋敷よりも家禄が多い分敷地は広い。しかし建物は同じように古びていた。

屋敷の垣根の中を覗(のぞ)いた。梶谷は、庭で畑仕事をしていた。よく見ると、花ではなく赤甘藷(かんしょ)を植えている。妻女の姿は見えないが四人の子どもの姿が見えた。上の子は畑仕事ができるが、十歳にならないような子もいる。

何か言って、子どもたちが笑った。

見る限りでは、人を斬りそうには感じない。ただ侍の本性は、外から見ただけでは分からないと弐吉は思っている。父親のことがあった。

人斬り庖丁(ぼうちょう)を腰に差していて、己の子には笑顔を見せても、町人の命など虫けらと同じにしか考えていないやつら。心を許してはいけない。

そろそろ引き上げようとしたとき、梶谷が弐吉に気がついた。

「その方は、笠倉屋の小僧ではないか」

声をかけて、近づいて来た。

「弐吉と申します」

「うむ」

と返事をしてから、あっと思いついた顔になった。

「その方、切米（きりまい）の日にあった、魚油屋殺しの場面を見た者だな」

真剣な表情になった。城野原あたりから、聞いたのかもしれない。

「さようで」

「その下手人は、わしだったのか」

慎重な口ぶりだ。自分が疑われているのは承知していて、事の成り行きを案じていた様子だった。人を殺し金を奪ったとなれば、腹を切るだけではすまない。無礼討ちとは違う。

「夜でしたしやや離れていたので、はっきりとは分かりません」

正直に話した。

「わしは殺（や）ってはおらぬぞ」

怒った口調だ。とはいえ、怒りを向けている相手は弐吉ではなかった。

「その方は、襲ったのは二人だと言ったそうだな」

「はい。そう見えました」

「わしはあの夜、ずっと一人だった」

「…………」

「わしのわけがないではないか」

こちらは小僧だが、犯行現場を見た者として扱っていた。

ここで弐吉は、気になっていたことを尋ねた。今ならば、自分にも話すかもしれない。

「殺しがあった翌々日、梶谷様は元鳥越町の米屋の隠居婆に、銀三十匁を返したと聞きました」

「いかにも」

苦々しい表情だ。

「その金子は、どうなさったので」

その出どころさえはっきりすれば、疑いは薄れるはずだった。

「いざというときのために、残しておいたものだ」

「はあ」

「なけなしの金だが、仕方がなかった」

言葉に、どこか真実味がなかった。そんな金子があったら、対談になど来なかったのではないか。誰が聞いても、疑いたくなるところだろう。

ただ嘘だとは決めつけられない。城野原にも同じことを話したのならば、捕り方も疑っているに違いなかった。

「おおそうだ」

ここで梶谷は、何かを思い出した様子で手を叩いた。

「ちと待っておれ」

そう言うと建物に入り、すぐに戻って来た。蒸かした赤甘藷を手にしていた。

「うまいぞ。食べるがよい」

差し出された。

「いや」

赤甘藷一つでも、梶谷からものを貰うのには抵抗があった。向こうにしたら、弐吉の証言があるから、まだ捕らえられないでいると考えたのかもしれない。

「遠慮はいらぬ。腹が減っているであろう」

夕方になれば、腹は減る。ぷんと甘いにおいがした。躊躇っていると、無理やり握らされた。

「では」

赤甘藷の一つくらい、いいかと思った。それで証言を変えるわけではない。まだほかほかで、おいしかった。

銀三十匁については、納得していない。しかし疑うような問いかけはできなかった。今のところは、受け入れるしかない。

米一俵の荷を引いて、梶谷屋敷を離れた。このとき、誰かに見られている気がした。周囲を見回したが、人の姿は窺（うかが）えなかった。

六

夕食を済ませた後、小僧たちは清蔵や手代たちから、読み書きや算盤（そろばん）を習う。これはすべての奉公人が、店の敷居を跨（また）いだその日から始める。筆や硯（すずり）、算盤などは奉公してすぐに与えられた。

弐吉は、この時間が楽しみだった。

新入りが加わったからといって、初歩から始めるわけではない。初めは文字など、全く読めない者もいた。

叱られながら、覚えてゆく。

早朝に起こされ、一日たっぷり働かせられる。それからの学びだから、居眠りをする者もいる。しかしこれができないと、手代にはなれなかった。

弐吉は初め、読み書き算盤については、まったく習っていなかった。しかし文字が読めるようになるのは嬉しかった。必死で覚えた。

今では、奉公して間もない小僧に手ほどきをするまでになった。帖付けも、手代の仕事だ。

太助という、一つ歳下の小僧がいる。この小僧は、奉公に入ったそのときには、すでにある程度の読み書きができた。

「負けてなるものか」

弐吉は思った。それが励みにもなった。

共に学んだ猪作や桑造は手代となり、今では弐吉が小僧の中では最年長となった。次に手代となるとしたら、順番からしたら弐吉だが、太助の名も挙がっていた。

太助は、貞太郎と猪作へのご機嫌取りに余念がない。弐吉への意地悪にも関わっていた。

稽古が終わると、小僧たちは屋根裏部屋に集まって寝床を敷く。

「弐吉さん、ちょっと」

姿が見えなかった太助が、傍へ寄って来て言った。口元に微かな嗤いがあった。猪作が呼んでいるというのだった。

呼ばれる理由はないが、ついて行かないわけにはいかない。嫌な予感があった。

太助の嗤いが不快だった。

母屋裏手、外雪隠（そとせっちん）の近くの暗がりだった。猪作の姿が見えた。暗がりに他に誰かいる気配があったが、姿ははっきりしなかった。

「おまえ今日、本所から米俵を引き取ってくるついでに、梶谷様のところへ行ったな」

いきなり猪作に言われて驚いた。なぜ知っているのかと訝（いぶか）しんだが、すぐに得心がいった。あのとき誰かに見られていると感じたが、冬太が梶谷を見張っていたのだと気がついた。

一番怪しい人物だと考えていれば、あの場にいたとしてもおかしくはない。冬太が、貞太郎か猪作に話したのだと考えた。

「何しに行ったんだ」

「近くまで行ったので、様子を見に行きました」

「ふん」

嘲笑（あざわら）うような表情をしてから続けた。

「おまえごときが、そんなことをして何になる」

それで闇にいる人物が、くすりと笑った。貞太郎だと分かった。

「そこでおまえは、芋をご馳走になったっていうじゃないか」

「へえ。断ったんですが、ぜひともと言うので」

見られているのなら食べなかったが、今となっては遅い。

「うまかったか」

いかにも馬鹿にした言い方だった。ただ食べてしまった以上は、言い返すことができなかった。猪作は続けた。

「おまえ梶谷様とは、そんなに親しかったのか。他にも、いろいろ貰っていたんだろ」

決めつけるような言い方だ。

「そんなことはありません。初めてです」

「ふん。何とでもいえるさ」

猪作は、弐吉の言葉に取り合わない。

「おまえは、吾平さん殺しは二人の仕業だと言っているそうだな」

「見たことを、そのまま言いました」

「ふざけた話だ」

そう応じてから、わざとらしく大きなため息を一つ吐いた。

「おめえ梶谷様からいろいろ貰って、わざと二人いたと話しているんじゃねえのか」

「何だって」

仰天した。そういう言い方をされるとは、考えもしなかった。それでは、人を殺して金子を奪った者の仲間だと告げられていることになる。

「くそっ」

初めて、激しい怒りに駆られた。他のことならばともかく、この言いがかりは尋常とはいえない。拳を握った。

「何だ、その目は」

こちらの怒りを感じたらしい猪作も、憎しみの目を向けてきた。

「いいか、おまえがしていることの意味が分かるか」

猪作は喧嘩腰だ。

「もしおまえが極悪人を庇ったら、店はどうなる。おまえ一人のことでは済まねえぞ」

腹の奥が熱い。全身が、怒りで震えるような気持ちだった。まったくの言いがかりだが、相手はこちらを悪党の仲間にしようとしている。

お浦が口にした、気をつけろという意味を理解した。そもそも二人ではなかったという証があるのか。

「嘘を言う方が、ただでは済まないことになる。証があるのか」

売り言葉に買い言葉で、口に出してしまった。憤怒が抑えきれなかった。

「何だと、このやろう」

いきなり頬を殴られた。力のこもった一撃で、体がぐらついた。殴り返そうと考えたが、それをしてはいけないと気持ちを抑えた。やったら、笠倉屋にはいられない。

「殴って、ことを済ませようというのか」

精いっぱいの反抗だった。

この場から逃げようとして足を踏み出すと、前を塞ぐ者がいた。逃げ道を塞いだのは太助だった。

「ふざけやがって」

新たな一撃が顎に加えられた。さらに蹴られたが、ここで女の鋭い声が上がった。

「止めなさい。確かな証もないのに、酷いことを言って」

それで猪作の動きが止まった。声を上げたのはお文だった。どうやらやり取りを、初めから聞いていたらしい。

弐吉は驚いたが、他の者たちも仰天したらしかった。お文がこんなに激しい口調で何かを言うのを、初めて聞いたからだ。

外見ではうかがい知れない、気丈で激しい性質が潜んでいるようだ。

「く、くそっ」

猪作は、何かを言おうとしたが呑み込んだ。

それで猪作らは引き上げた。弐吉は全身に痛みが伝わって、すぐには動けない。

「大丈夫」

「へえ」

猪作のやり方は酷かった。こちらを貶めようとする以外の何物でもなかった。お陰で助けられた。

お文は手拭いを濡らしてくると、傷口に当ててくれた。痛みはあったが、気持ちは荒れていなかった。

「す、すみません」

手際のいいお文の動きだが、このときはもう気持ちを表に出さないいつもの顔になっていた。とはいえ、これまで見たことのないお文の姿に接した。

思い出すと、心の臓が波打った。見方が変わった。江戸へ出てくる前に、何があったのか。そんなことも考えた。

七

翌朝、猪作や太助は、弐吉とは目を合わさない。薄曇りだが、降ってはいなかった。

洗面の際、水桶に顔を映すと、腫れているのが分かった。唇の端も切れている。

お文は昨夜手当をしてくれたが、小僧仲間で、気遣ってくれる者はいなかった。

手代たちも気づかないはずがないが、見て見ぬふりだった。あの場に貞太郎がいると知っていたら、当然かもしれなかった。

お文は、何事もなかったように振る舞っている。

年嵩の手代丑松が、傍までやって来た。

「酷い面だな」

初めて、話題にした。同情してはいないが、からかっているわけでもなかった。

「お文さんからだ」

と言って軟膏をくれた。丑松は優しくはないが、酷いことに加わることはなかった。それはありがたかった。

貞太郎も何事もなかったような顔をしている。お狛やお徳と朝食を食べて、笑い声を上げていた。

しばらくして、止んでいた雨がまた降り出した。札旦那が店に現れ、札差としての商いが始まった。まだ切米の後だから、多くは来ない。

清蔵は朝のうち出かけていたが、昼近くになって戻って来た。奥の部屋で金左衛門と話をしてから、猪作と弐吉が別室に呼ばれた。

昨夜のことがあるから、猪作とはしっくりしない気持ちだ。目は合わせない。

「今日も、城野原様に会ってきた」

清蔵は切り出した。一昨日よりも踏み込んだ内容で聞いてきたらしい。弐吉の顔の腫れには触れない。

驚いた様子もなかった。お文から聞いたのか。

「魚油屋の吾平さんを殺したのは梶谷様ではないかとして、町奉行所ではお調べが進んでいる」

弐吉を除く目撃者は、犯行は一人のものだとしている。梶谷は金に困窮していながら、翌々日には銀三十匁を返金した。これが、他の不審な者よりも怪しまれるもとになったと続けた。

剣の腕前もあり、犯行が可能だった。

「弐吉が見た二人だとするならば、大身旗本の主従となるが、金には困っていない。それでも手を下したとしたら、どういうことが考えられるか」

清蔵は弐吉に問いかけた。

「辻斬りをごまかすために、金子を奪った場合かと」

「猪作はどう思うか」

「同じです」

弐吉に合わせるのは不満らしいが、他には考えられない。

旗本主従が宇根崎将監と阿部仙之助なる者だと知らされた。家禄四千石の御大身だというのは驚きだ。

それから話を梶谷に戻した。

「ただ金貸しに返金した銀三十匁の出どころが家にあったでは、たとえ事実であったとしても誰も納得はしない」

「当然だと思います」

猪作が応じた。そして続けた。

「弐吉が、見間違えただけでは」

聞いた清蔵の目が、厳しくなった。

「おまえは、仲間の言葉を信じられないのか」

怒りがあった。

「い、いえ。そうではありませんが」

猪作は慌てた。清蔵に睨まれれば、怯えた表情になるのは分かる。弐吉にしてみたら、溜飲を下げた。

「しかしな、梶谷様にしても塚本様にしても、本当に一人だったかどうかははっきりしない」

「実はいて、逃げてしまったということですか」

「ないとはいえまい。夜陰に紛れていれば、気づかれないこともある」

清蔵は、梶谷の可能性を否定しないが、違う場合もあると告げていた。

「城野原様はな、あと一つ何か手掛かりになることが出てきたら、梶谷様を大番屋へ呼ぶと話していた」

重要な容疑者としてだ。

「するとどうなりますか」

　訊かずにはいられない。弐吉は、清蔵の次の言葉を待った。

「梶谷様は白状をしなくても、怪しいということで御目付へ回されるだろう」

「………」

「他に梶谷様以上に怪しい者はいないのだからな」

　清蔵はため息を吐いた。

　城野原は冬太に梶谷を見張らせているが、自分は他に犯行ができた者がいないか洗い直したのだとか。

「現れなかったわけですね」

　これは猪作だ。

「そうだ」

　頷いた後で、清蔵は続けた。

「御目付は、無理やり梶谷様を下手人にして終わらせてしまうかもしれない」

「まさか」

　弐吉には、想像もつかない話だ。

「これは、直参が起こした事件とされている。いつまでも引きずっておきたくはないだろう」

公儀の面目だ、と言い足した。

「面目とは何だ」

と弐吉は思った。そのために、してもいない者を人殺しにするのか。それが威張っている侍たちのやり方か。

「梶谷様は容疑者の中で家禄も一番少なくて、無役だ」

「まさかそんなことで」

弐吉は呟いたが、清蔵は返事をしなかった。

「公儀なんて、そんなものだ」

と言っているような気がした。

札旦那への物言いは下手だが、怖れてなどいない。下されるお触には気を配っているが、すべてに畏れ入っているわけではなかった。

「ただそうなると、うちの損失は大きい。何しろ七十二両だからな」

清蔵の眼目はそこだ。本当に梶谷がやっていたのならば仕方がないが、そうでなければ商人として捨て置けない話だ。

その金がないからといって、笠倉屋が潰れるわけではない。出入りする百二十一家のうち、一部を除いた多くの家は、数年先の家禄を担保にして金を借りている。五年までを原則としているが、それ以上先のぶんまで担保にして借りている者もそれなりにいた。

　五年以上前の借金を返せずに、利息を払い続けている者もいる。

　笠倉屋が動かしている金子（きんす）の総額は、弐吉が見るだけでも数万両になる。それを考えたら、七十二両など微々たるものだ。ただ金左衛門や清蔵は、一文の銭さえ無駄にしないという商人としての矜持（きょうじ）を持っていた。七十二両をむざむざ捨てるつもりはないという話だった。

「そこでだ、おまえたちにしてもらいたいことがある」

　ここからが本題だ。

「このままでは、梶谷様がしたことになる。やっていたのならば仕方がないが、そうでなければ明らかにしなくてはなるまい」

　梶谷の汚名を晴らすことが目的ではない。笠倉屋の損失を防ぐためにだ。

「調べをするとなれば、店の仕事はできないだろう。それはやむをえぬ」

　これは金左衛門も承知のことだと言い添えた。そして調べのために必要だろうと、巾着（きんちゃく）に入った銭を、猪作と弐吉に寄（よ）こした。

「やらせていただきます」

猪作と弐吉は答えた。

「ただな、あまりときはないぞ。城野原様が、梶谷様を大番屋へ呼び出す前にだ」

城野原と冬太の調べで、清蔵が聞くことができた部分について伝えられた。

第三章　独り占め

一

弐吉は、猪作と共に清蔵の部屋を出た。気持ちに高揚があった。

小僧の自分が手代の猪作と共に、調べに当たれと告げられた。自分は笠倉屋の奉公人だと、忘れられてはいないという実感が湧いてくるからだ。店の大きな利益に関わる役目を命じられた。

猪作は不満を持ったはずだが、清蔵の前では気持ちの中に押し込んだかに見えた。

「ちょっと来い」

猪作が声をかけてきた。腹立ちの目ではないのが、不気味だった。とはいえ、何を考えているのかは分からない。

昨夜殴られた、母屋裏手の雪隠（せっちん）の傍へ行った。

軒下で話をした。壁際に群れて咲いている白や青、淡い紅色の紫陽花（あじさい）が、雨に濡（ぬ）

れていた。

「昨日は済まなかった」

猪作は唐突にそう言った。弐吉は魂消(たまげ)たが、口先だけで気持ちがまったく伝わってこなかった。かえって警戒した。

返事をしなかった。黙っていると猪作は続けた。

「番頭さんの命だから、おれたちは力を合わせなくてはならない」

「それはまあ」

これは否定できない。

「そこでだ。おまえは調べで動くことについて、手代のおれの指図を受けなくてはならない」

「…………」

「そして分かったことは、番頭さんに伝える前に、おれに話さなくてはいけない」

清蔵に調べの結果を伝えるのは、猪作自身だと伝えていた。

「なるほど、そういうことか」

胸の内で呟いた。猪作は、手柄を独り占めしようとしている。しくじったら、弐吉のせいにするつもりなのだろう。

「謝ったのは、そのためか」

　と察した。傷口に手を触れると、痛みがじわりときた。返事をしないでいると、猪作は付け足した。

「番頭さんがおれにおまえをつけたのは、手伝えという意味だ。忘れるな」

清蔵はそうは言わなかった。互いに探れと告げていた。とはいえ何を言ったところで、分かる相手ではない。

分かっても、己に都合のいいように捻じ曲げるだけだ。

逆らえば、昨日のように殴りつけてくるかもしれない。いっそ殴らせて、それでしか何も解決できない者という烙印を捺してやるのも面白いと思ったが、それでは話が進まないだろう。

「おれは梶谷様を当たる。おまえは塚本様を当たれ」

猪作が続けた。一番怪しいとされているのは、梶谷だ。肝心なところには触れさせない、という腹だと受け取った。

　とはいえ、塚本を調べることに不満はなかった。

　これも大事なことだ。白となれば梶谷の可能性は高まる。笠倉屋の損失が明らかになるが、それはそれで仕方がないだろう。早めの対処ができるかもしれない。

「では行け」

言いたいことだけを口にすると、猪作は離れていった。

「猪作がどう思おうとかまわない」

自分がどうするか、弐吉は考えた。

そのとき、お文が通りかかった。弐吉は傍へ寄って、昨日の礼を言った。そして清蔵から伝えられた役目について話した。

「猪作さんも一緒ですか」

お文は頷くこともないまま聞き終えたが、まずそれを口にした。

「そうです」

昨日のことを目にしているお文だから、何を口にするか気になった。

「私は番頭さんに、昨夜のことを話しました」

「そうですか」

予想はしていた。腫れた顔を見ても驚かなかったのは、そのためだろう。

「その上で、一件の調べに弐吉さんと猪作さんを選んだのだと思います」

そうかもしれないとは思ったが、何故かは分からない。清蔵は、猪作を咎めることもなかった。

お文はその答えを口にするかと思ったが違った。

「二か月くらい前に、小僧さんの中から手代になる人を選ぼうという話がありました」

「さようで」

初めて聞く話で驚いた。

「そのとき、番頭さんは弐吉さんを薦めたそうです」

「ええっ」

耳を疑った。考えもしなかった。それらしいことを告げられたこともなかった。

「これまでの働きぶりを、認めていたんだと思います」

この言葉で、全身が熱くなった。そんな気配は、露ほども見せなかった。

「でも、反対をする人がいました」

「ああ」

それを聞いて、誰かすぐに分かった。

「若旦那ですね」

貞太郎と猪作は、きわめて近い間柄にある。

「はい。若旦那が反対をしたら、おかみさんも、おおかみさんも首を縦には振りません」

お狛とお徳のことだ。

次に手代を選ぶとしたら、年齢からも奉公の長さからも自分だという気持ちはあった。ただ若旦那に嫌われているのは分かっていた。

手代になれば、札差（ふださし）の本当の意味での商いに関われる。

今のままでは、どうにもならない。掃除や茶くみなどをして、手代たちの仕事ぶりを見ているだけだ。

「でも、新たに手代をという話は消えていません」

そして思いがけないことを口にした。

「丑松さんは、近く沢瀉（おもだか）屋さんの婿になって、笠倉屋を出ます」

「なるほど」

沢瀉屋は、浅草元旅籠町の同業の札差だった。そういえば、沢瀉屋の主人や番頭が、このところよく顔を見せていた。小僧には知らされないところで、話は進んでいたのかもしれない。

「だから新しい手代が、なくちゃあならないんです」

欠員の補充が必要だ。今いる四人の手代の中で、丑松と猪作はやり手ということになっている。二月前にその話が出たのは、早く決めて丑松がいるうちに慣れさせようとしたからだろう。

「番頭さんは、丑松さんの代わりに弐吉さんを入れたいんです」

どきりとした言葉だ。お文は続けた。

「でも若旦那は、太助さんを推したいようで」

「なるほど」

昨夜、太助が逃げ道を塞いだわけを理解した。

「でもどうして、若旦那は私を嫌っているのでしょうか」

これは疑問だった。貞太郎との間に、何かがあったわけではなかった。ただ半年くらい前から、冷ややかな目を向けられるようになった。

「猪作さんです」

「はあ」

「あの人は、弐吉さんが使える人だと分かっているから、怖いんじゃないでしょうか」

「まさか」

「丑松さんが、そのことを言っていました」

「猪作さんが、話したのでしょうか」

「いえ。何かの折に、感じたんだと思います」

婿の口があるならば、丑松は貞太郎の顔色を窺う必要がない。思ったことを口にできるだろう。

「若旦那は、猪作の言うことをよく聞くわけですね」

「あの人は、自分では何もできないことを分かっています」

お文のあからさまな言い方に驚いた。まさか本人が自ら口にしたわけではないだろう。人に言われても、認めるわけもない。これはお文が感じていることか。

そのままお文は続けた。

「だから使える猪作さんを、味方にしておきたいのだと思います」

今まで考えもしなかったことを、お文から伝えられた。しかしこれで、これまでのことのすべてが腑に落ちた。

それにしても驚いた。お文がここまで話をするとは、予想さえしなかった。

気持ちを表に出さない人だったが、貞太郎や猪作を嫌っていることが伝わってきた。だからやつらに晩飯を奪われてしまった自分に、握り飯を拵えて肩入れをしてくれたのか。

ここでお文は、はっとした顔になった。

「じゃあ」

行ってしまった。喋（しゃべ）り過ぎたと感じたのかもしれなかった。

二

言葉数少なく暮らしている人でも、何も考えていないわけではない。お文の話を聞いて、弐吉は思った。

一年半前に初めて笠倉屋へ来たときから暗い印象だったし、ここまではっきりとものを言う場面を見かけなかった。初めて目にした。

胸の奥に、強い気持ちを秘めている。笠倉屋でこれまで目にしてきた姿は、本来のお文のものではないのかもしれない。

ならば江戸へ出てくるにあたって、何があったのか。また貞太郎が嫌いというのも、何かわけがあるのか。身勝手で、浪費や遊ぶことしか考えていないような姿を目にしていれば当然とはいえそうだが。

また弐吉自身が手代になるという話が出ていたことにも、驚きがあった。

今度の調べに、猪作が一緒なのを不思議に思ったが、何となく分かった気がした。

「猪作を超えて手柄を立てろという意味ではないか」

それならば、得心が行く。

「反対の声を潰して手代になれ」

という意味だと受け取った。店へ行くと、すでに猪作は出かけていた。切米から間がないので、店は混んでいない。この時期だからこそ動けと、清蔵は命じたのだろう。

弐吉も、番傘を差して店を出た。

まず出向いた場所は、瓦町の大口屋だ。御米蔵を左手に見て、浅草橋方面に向かう。御米蔵の敷地には、五十四棟二百七十戸前の米蔵が並んでいる。全国天領から運ばれる年貢米や買上米は年間およそ四十万石と言われた。

初めて目にしたとき弐吉は、その壮大さに目を瞠った。

瓦町はその御米蔵よりも南側で、浅草橋に近い。弐吉は、大口屋の店の前に立った。

間口は六間半で、笠倉屋とほぼ同じ大きさだ。重厚な建物で、それも笠倉屋と変わらない。出入りする札旦那の数は、大口屋の方が多いと聞いていた。

店の中を覗いた。対談する手代と札旦那の姿が見えて、その向こうの帳場格子の先に主人弥平治の姿が見えた。睨みを利かせているといった印象だ。

声をかけたのは、顔見知りの小僧だ。清蔵から受け取った銭で、十文のお捻りをいくつか拵えてきた。その一つを握らせた。

「札旦那の塚本様を知っているね」

「もちろんだ」

笠倉屋の梶谷と共に、吾平殺しの容疑者になっていることは、界隈の札差の奉公人ならばおおむね知っている。

「気になるのか」

「まあ。最近、金を借りに来ているかね」

「昨日来た。額は知れないが、少しばかり借りていったようだ」

誤魔化しのために借りたのかもしれないと言い足した。お捻りを渡しているので、機嫌よく答えていた。

笠倉屋の梶谷について問いかけられたので、借りに来たことを伝えた。

「どちらがやったのか、手代や小僧たちには、賭けているやつもいるぜ」

奉公人は気軽だ。店としては損失だが、それで店が潰れるわけではないと見ている。面白がる者もいた。

「切米の折に、御米蔵中の御門の前あたりに、酒を飲ませる屋台店が出ている」

「ああ。うちの札旦那たちも行っているらしい」

通りの居付きの居酒屋や煮売り酒屋よりも安く飲める。弐吉が切り出すと、相手はすぐに頷いた。

「塚本様も行っていると聞いたが、行きつけの屋台などあるのかね」

対談を待っている間に、話題になることがあるのではないか。笠倉屋でも、そういったことを話題にする札旦那はいた。

塚本はどの屋台を使ったか分からないと話したらしいが、吾平を襲っていたら、分かっていても知らないと言うだろう。また犯行刻限に飲んでいたことが証明されたら、塚本は白となる。

城野原は吾平殺しの本命は梶谷だと思っているから、塚本や旗本宇根崎の調べは梶谷ほど深くはやっていないのではないか。そんな気がした。

「そこまでは知らないが、豆腐田楽の屋台店は、鳥越橋のあたりにも出ているんじゃねえか」

「なるほど」

弐吉はすぐに鳥越橋へ行った。豆腐の田楽屋は出ていなかったが、甘酒売りがいて、作次という中年の田楽屋台の親仁の長屋を教えてもらった。

雨だから、商いに出てはいなかった。

「ああ。切米の夜には、中の御門の前に屋台を出したよ。あそこの方が、客が来るからな」

六、七軒は出ていたとか。

「事件の後で、南町の同心の旦那のところの若い衆が訊きに来たっけ」

中年の豆腐田楽屋台の親仁はそう言った。冬太のことだ。

「五合の酒を飲んだご直参ねえ。前にもそれを聞かれたが」

思い出せない。

「そのとき出ていた他の屋台を覚えていませんか」

「見覚えのないやつがあらかただったけど」

そのときによって変わるらしい。一つ教えてくれたが、そこにも冬太は聞きに行っているはずだった。

聞いたもう一人の親仁のところへも行った。漬物で酒を飲ませる屋台だ。雨は降り止まない。屋台店は出せないことになる。親仁は長屋にいた。

「ああ、あの晩は出ていたがね。でもよ、一人で五合を飲んだ客は、覚えていねえなあ」

前と同じような返答だった。ただその親仁は、同心の手先から問いかけをされた後で思い出したことがあると告げた。

「何ですか」

「あのときいた他の屋台には、目刺を焼いて飲ませる店が出ていたっけ」

隣で、魚を焼くにおいがした。

いつもは筋違御門(すじかいごもん)の南にある八つ小路で屋台を出しているとか。住まいが分かるというので聞いて長屋へ行った。現れたのは、六十歳前後の老人だ。

「五合の酒ねえ」

手掛かりは、それしかない。腕組みをした老人は、首を傾げた。

「切米があったからといって、好きなだけ飲むことはまずねえ。何しろ、いろいろな支払いもあるだろうからな」

二、三合飲んだら、腰を上げる者がほとんどだと続けた。

「五合よりももっと飲んだご直参はいたが、それはどう見ても、歳は四十過ぎだったね」

ならば塚本ではない。さらに並んで店を出していた蕎麦(そば)の屋台があったと教えてもらった。思い出してもらえるのはありがたい。

蕎麦屋の親仁に会って、話を聞くが、塚本らしい侍のことはあいまいだった。

「来たかもしれねえし、来なかったかもしれねえ」

五合の酒も、一合ずつ注文をされたら覚えていないとか。

「一合ごとに、銭を貰(もら)うからね」

ただ蕎麦屋の親仁は、他のことを覚えていた。

「あのとき出ていた屋台は六軒だった」

「間違いありませんか」

「あんときに、数えたからな」

これは助かる。そうなると、五軒までは辿(たど)り着けたことになる。

「あと一軒は、どういう店で」

「蒟蒻(こんにゃく)の煮付けで飲ませる屋台だと思うが、見かけないやつだった」

調べる糸が、途切れてしまった。これを探し出すことができて塚本の痕跡(こんせき)がなければ、本人の証言は裏打ちのないものとなる。

聞き込んだ限りでは、どこも殺害があった刻限に五合を飲んだ直参がいたと告げる者はいなかった。

ふうとため息が出た。簡単には事が進まない。

次に神田玉池稲荷に近い塚本の屋敷へも行った。梶谷の屋敷よりも、やや広く感じた。

しばらく様子を窺った。今日は非番らしく、門先に出てきた。その顔を見ることができた。

近所の辻番小屋で番人にお捻りを渡して訊くが、変わった気配はないと返された。

「塚本様が親しくしていた方はいませんか」

弐吉は、賊は二人だと考えているから、この問いかけになった。

「それならば、羽島辰之助様あたりかね」

近くに屋敷のある直参らしい。屋敷の場所を聞いて、弐吉は足を向けた。敷地は百坪ほどで、こちらも古い建物だった。

しばらく様子を窺っていると、隣の屋敷から下男とおぼしい老人が出てきたので、お捻りを二つ与えて問いかけた。

「羽島様は、家禄九十俵で無役だよ」

「塚本様とお親しいと聞きましたが」

「ああ、馬庭念流の剣友だと聞いているがね」

羽島は四十歳で、倅が二人いるという。しかし切米以後、変わった様子はないと告げられた。羽島の蔵宿は大口屋ではなく、瓦町の石浜屋だった。

「今のところ塚本様は、白ではないぞ」

弐吉は呟いた。

三

雨は朝から降っていたが、気がつくといつの間にか止んでいた。ああよかったと思っていると、また降り出した。明るさは残っていて、陰鬱な印象はなかった。ただ蒸し暑さが続くのは辛かった。

汗をぬぐう手拭いが、びしょびしょになる。井戸を借りて、濯いだ。

冬太はこの日も、本所の梶谷の屋敷を窺っていた。

「殺っていたら、必ず何かの動きをする」

城野原に告げられていた。状況からしたら、襲撃をしているのは間違いない。二人だという証言はあったが、あてにはしていなかった。まずは探ってみる。仲間がいたのならば、必ず連絡を取り合うはずだった。

梶谷は庭の畑の手入れをするが、外へ出ることは少ない。労咳の妻女の介護をしているかに見えた。

以前、妻女がかかっている医者へ行って、病状を聞いた。治すには銭がいる。

「箱根などで、湯治などさせられればいいでしょうが、それはできないでしょう」

という話だった。

「とはいえ、できることはなさりたいようで」

と続けた。医者は渋い顔だったが、梶谷の心情は分かる。

「それだからこそ、吾平を襲って金子を得ようとしたのか」

思考はそこへ行く。ただ医者の物言いが、好意的だとは感じなかった。

「何かあったのかね」

「お薬のことで、揉めたことがありました」

つい一月前のことだ。

「少々値の張る、ですが滋養に効く薬があるという話をしました」

「乗ってきたわけだな」

「そうですが、安くしろとおっしゃいました」

「できなかったわけだな」

「まあ。手に入った量に限りがありましたし、望まれる方も多数ありました」

その中には、薬代をきちんと払える者もいれば、そうでない者もいる。梶谷は、後者の方だ。

「それでいろいろあったわけですね」

「大きな声をお出しになって、他の患者さんが驚きました」

「なるほど」

「その方、困ることになるぞ」

と脅したのだとか。

「怖かったですね。かっとなったら、何をなさるか分からないと思いました」

その薬を仕入れるには、医者も高額の金子を払った。医は仁術とはいっても、先立つものがなければ薬を手に入れられないと告げた。

善意だけではやれないという話は、冬太にもよく分かった。

それだけならば他でもありそうだ。けれどもこれまでに調べたもろもろと合わせると、やはり塚本や宇根崎よりも梶谷はそれらしく感じた。

そんなことを考えているところで、梶谷家の門前に笠倉屋の猪作が姿を現した。

何やら探る様子だ。

「邪魔だな」

と冬太は思った。うろうろされては、警戒される。すぐに姿を消す気配はなかった。通りかかった者に、何やら聞いている。

「おい」

冬太は猪作の腕を掴んで、物陰に引っ張り込んだ。

「ああ。これはこれは、冬太さん。お調べ、お手間なことで」

すぐにお捻りを、こちらの袂に落とし込んだ。寄こしたものは受け取る。ただだからといって、どうこうするつもりはなかった。

「お調べの具合は、いかがでございましょう」

慇懃な口調だ。お捻りをもう一つ袂に入れてきた。梶谷について、今後訊かなくてはならないことがあるかもしれないから、そう邪険にもできない。

ともあれ暮らしぶりの様子と医者との悶着の話をした。

「あの方は、かっとなりやすいです。店でも貸し借りの話をしていて、思い通りにならないと声を荒らげることがありました」

「切米があった日に、会ったのかね」

これは聞いていなかった。

「会いました。私が、切米を換金した代を、お渡しいたしました」

「いつもと違うところは、あったかね」

「どこか、そわそわしていたような」

しかしそれは、自分の思い過ごしかもしれないと付け足した。そして改まった口調で言った。

「お調べのお手伝いをさせていただけませんか」

またお捻りを落としこんだ。三つ目のお捻りだ。

「馬鹿にするな」

と思った。銭だけでは動かないぞという気持ちがある。何か含みがあるから、手伝おうと言っているのだと受け取った。

「ど素人さんに入り込まれちゃ、迷惑だぜ。こちらに任せてもらおうじゃねえか」

強い口調になったのが、自分でも分かった。猪作はわずかに驚いた様子を見せたが、すぐに慇懃な口調で言った。

「ぜひ、お願いいたします」

「いらねえよ。帰って商いに精を出しねえ」

「ですが」

引き下がる気配がない。

「旦那様からも、お手伝いをしろと告げられていまして」

と続けた。自分の意思だけでやっているのではないと言っている。

「しつこいやつだ」

胸の内で舌打ちした。止みかけていた雨が、また降りを強くしてきた。

暮れ六つ前に弐吉が笠倉屋へ戻ると、店の前に猪作がいた。待っていたようだ。

「どうだったか」

すぐに一日の結果を問われた。自分が調べたことについては、一切口にしない。

「早くしろ」

黙っていると急かされた。弐吉は渋々話した。

「もったいをつけるな。さっさと言え」

「それで猪作さんは」

「番頭さんに話すのを聞いていればいい」

返事も聞かず、猪作は清蔵の前に行った。弐吉は後に続くしかなかった。

猪作は自分が調べたことの他に、弐吉が話したことを、自分が訊き込んだことのように清蔵に伝えた。予想した通りだった。

ただ羽島については、はっきりしないので伝えなかった。

梶谷には、変わった動きはなかったらしい。聞き終えた清蔵は、そのまま調べを続けろと言った。

四

翌日は、久しぶりに朝から晴れた。爽やかで、思い切り吸う空気が心地よかった。

弐吉と顔を合わせた猪作は、屋台店で探せなかった一軒を当たると言った。そして弐吉には、宇根崎を当たれと続けた。

逆らうことは許さない。そんな気迫があった。面倒なところ、たいへんそうなところを、弐吉に押し付けた形だ。

「へえ」

とりあえず、頷いた。宇根崎についても、早晩当たらなくてはならないと思っていた。猪作の調べなど、当てにしていない。

弐吉は笠倉屋に現れた顔見知りの札旦那に、御小姓組番頭という役目について尋ねた。

「将軍様に近侍する、権限の大きな役目だ」

気難しい将軍様の相手だから、さぞかしたいへんだろうとは言い足した。また特別な実入りがあるなど具体的なことも口にした。

「袖(そで)の下ですね。何のために、金子を出すのでしょう」

「将軍様に、よく言ってもらいたいからではないか」

「はあ」

将軍とは公的なことだけでなく、様々な会話をするらしい。覚えがよくなれば、出世ができるということか。

ただ宇根崎将監の人となりは分からない。無役の御家人にとっては、家禄(かろく)四千石の御大身は、雲の上の人となるようだ。

「おまえがどうして、そのような人のことを訊きたがるのか」

逆に言われた。

「野次馬のようなもので、余計なことを」

頭を下げて引き上げた。

弐吉にとっては賊が二人組なのは、変更のない事実となっている。となれば、宇根崎が用人阿部と一緒に襲撃をおこなった可能性は消せない。

とはいえ梶谷や塚本に仲間がいたという線も、否定できない。また梶谷と塚本が仲間だという線も、消すことはできない。ただそれらは、現実のこととして証人などがいるわけではなかった。

それから弐吉は、駿河台に足を向けた。宇根崎将監の屋敷の前に立ったのである。豪壮な長屋門だ。

「こんなに立派なお屋敷の殿様が、十一両のために人を斬り殺すなんて」

ありえないと感じる。ただ辻斬りや試し斬りをしたという話ならば、聞いたことはあった。憂さ晴らしや刀の切れ味を試すといった意味らしいが、斬られる方はたまらない。とはいえそんなことは、めったにあるものではなかった。

同心の城野原でも、よほど確かな証拠がなければ、問いかけることもできない相手だろう。

とはいえ可能性がある以上は、調べをしなくてはいけない。

「やってもいない者が、下手人にされてはいけない」

という気持ちは強かった。武家の力関係など、関係ない。

武家の理不尽さは、父親を奪われた弐吉の侍への恨みに繋がる。父の弐助は、担っていた浅蜊がかかったというだけで殴る蹴るの乱暴をされた。

「そんな馬鹿なことがあるか」

それを考えるたびに、腸が煮え滾る。父が亡くならなければ、母おたけもまだ生きていたかもしれない。

宇根崎家の重厚な門扉が開かれた。槍を立てた行列が、現れた。これから宇根崎が登城をするのだと分かった。

弐吉は道の端に寄って、通り過ぎる行列に目をやった。

馬上の将監の姿と顔を見た。家臣に囲まれて、なかなか立派な姿だと感じた。そのすぐ脇に、三十代後半とおぼしい供侍がいた。

辻番小屋の番人に訊くと、それが用人の阿部仙之助だと分かった。

行列が行き過ぎた後で、弐吉は再び番人に尋ねた。もちろん、改めてお捻りを渡してからだ。

「殿様と御用人の阿部様は、夜に出かけることが多いと聞きましたが、本当ですか」

「多いかどうか。でもたまには見かけるね」

辻番の番人は、宇根崎屋敷だけを見張っているわけではない。気がつかないこともあるはずだった。

ただ切米のあった十日に、二人で出かけたことは覚えていた。

「米俵を積んだ荷車が、多数通った日だな」

「そうです」

駿河台界隈でも、禄米取りの屋敷はそれなりにあった。

「宇根崎家の殿様や御用人様に、変わった様子はなかったですか」

「さあ、帰って来たところは見ていなかったんでね」

見かけたのは、二人で出て行ったところだけだった。

「その後は、出かけていませんか」

「あまり見かけなかったが、昨夜は見かけた」

一刻ばかりの外出だったとか。前は三日か四日に一度くらいは出かけていた。酔って帰ってくることもあったという。

「切米の日から間が空いたのは、犯行があったから様子を見たのか」

弐吉は呟いた。

それから弐吉は、宇根崎と阿部が剣術を学んだという下谷練塀小路にある中西派一刀流の道場へ行った。破風造りの壮麗な大道場だ。竹刀のぶつかる音や稽古の掛け声が、離れたところにいても聞こえてきた。

「商家の小僧ごときが声をかけてくるなど、無礼ではないか」

稽古を終えた侍に問いかけたが、初めの三人からは相手にされなかった。睨まれただけで、返事さえしない侍もいた。

しかし四人目の部屋住みといった感じの若い侍は、相手をしてくれた。お捻りは、袂に落とし込んだ。

「お二人とも、今はあまり稽古には見えぬようだが」

「腕前は、どのようなものだ」

「宇根崎様は、なかなかのものだ」

阿部は歳上でも、それほどではない様子。

「では激しい稽古をなさるのですね」

「そうだな。あまりに激しい稽古をするので、相手をするのを嫌がる門弟が多いぞ」

乱暴という意味らしい。

「人を斬るような方ではないと聞きましたが」

これは冬太が、どこかで聞いたことだ。

「それはそうだ。御大身だからな、そのようなことをするわけがない」

若い侍はそこで口を閉ざしたが、何か言いたそうだった。

「何かあったのでしょうか」

「激昂すると、倒れた相手でもさらに打ち続ける」

「それは、何とも」

師範が間に入って止めたとか。そうなったら稽古ではなく、暴行だ。

「なぜそのようなことを」

「なかなかお役目が難しいのではないか、という話だな」

将軍に近侍する役だ。将軍は気難しい人だというのは、どこかで耳にした。宇根崎は苛々しているときだったらしい。

「お城で面白くないことがあったからでしょうか」

「そうかもしれぬが、それでは稽古をしたがる者はないであろう」

「まことに」

弐吉は大きく頷いた。お役目が厳しいのは、確かかもしれない。

「とはいっても、それで町人を斬り捨て、金子を奪うか」

ふざけるな、という気持ちになる。

「お二人は稽古の後など、どこかで酒を飲みませんか」

「そういえば、神田佐久間町の小料理屋で阿部殿が飲んでいるのを見たという者がいたが」

宇根崎の姿は見えなかったとか。

「小料理屋の屋号は、分かりますか」

「花房とかいう名だと思うが」

弐吉は行ってみることにした。

五

切米の日に六軒出ていた酒を飲ませる屋台店の内、一軒だけ分かっていなかった。猪作はそれを探すつもりだった。

弐吉は探すことができなかった。それを自分が探し出せば、胸がすく。

「あいつを出し抜ける」

とも考えた。

弐吉には負けられない。共に小僧だった時期がある。一年くらい前までは、何とも思わなかった。

十八歳で手代になった。笠倉屋では早い方だ。誇らしかった。給金も貰えるようになった。晩飯も、小僧にはつかない一皿が加えられるようになったのである。
「歳上の手代がいるが、いつかは追い抜いて、自分が清蔵に次ぐ番頭になってやる」
胸に誓った。丑松は手強いが、いずれどこかの婿に出ると貞太郎から聞いた。そうなると、佐吉や桑造といった手代などは、相手にならないと思った。しぶとい札旦那や強面の札旦那を相手にするときは、もたもたすることがあった。

笠倉屋には、自分のこれからを妨げる奉公人はいないと思った。けれどもその思いが、徐々に変わった。二歳下の小僧の弐吉である。

初めは弐吉を、歳下の少し使える小僧くらいにしか考えていなかった。ただ一年ほどして、「おや」と思うことが続いた。

店には金を借りようとする札旦那がやって来る。とはいえ、すべての客に金を貸せるわけではなかった。ただ先の禄米を担保にしてしか手立てのない直参は、必死で金を借りようとした。

札差は金を貸すのが稼業だとはいっても、無限に先の年の分まで担保にして貸すわけにはいかない。一応五年先までとしているが、六年七年先の禄米を担保にして貸している札旦那はいた。

それは相手の事情による。

貸せないとした相手には、はっきりと貸せないと告げる。それで引けばいいが、そうではない札旦那は少なからずいた。向こうも必死だ。

ただ頼んでくるだけでなく、脅しまがいのことをする者もいた。猪作が相手にした客も、金を貸せとしぶとかった。

対談の途中で激昂し、刀を抜いたのである。杉岡彦次郎（すぎおかひこじろう）という中年の、家禄（かろく）百二十俵無役の御家人だ。さすがに猪作も驚いた。

店の中は凍り付いた。

普通ならば、意味もなくそれをしたら目付に届け出る。刀で脅したことになるからだ。しかし札旦那は、泰然と言い放った。

「刀の反りをな、検め（あらため）たのじゃ」

しかし刀で脅したのは明らかだった。近くにいた手代も小僧も、怯え（おびえ）て身動きできない。

猪作も緊張し、対応に困惑しているところで弐吉が現れた。何事もなかったような顔で現れ、茶を差し出した。待っている札旦那に茶を出すのは小僧の仕事だ。

怯える気配は微塵（みじん）もなかった。

「おひとつどうぞ。お疲れでございましょう」

いつものように声をかけた。笑みさえ浮かべている。

「ううむ」

それで札旦那の表情が変わった。小僧のくせに、脅しが通じない相手だと察したようだ。

「何ということだ」

猪作は驚いた。それで店の中の空気も、常のものに戻った。刀を抜いた札旦那は、気抜けしたらしかった。金を借りることができぬままに引き上げた。

それから数日後、札旦那が多数現れて長く待たせる日があった。対談をおこなう札旦那は、他に順番を待っている者がいることなど気にしない。できる限り粘ろうとする。

「何をもたもたしておる。急げ。貸せばよいではないか」

痺（しび）れを切らせて、叫んだ札旦那がいた。苛立（いらだ）っていた。急ぎ銭が欲しかったのかもしれない。須賀芳之助（すがよしのすけ）なる家禄百十俵の無役の者だ。

「そうだ。待たせるな」

他の客も叫んだ。一人が騒げば、他の者も声を上げる。待たされて苛々しているのは明らかだ。

こうなると、収まりがつかなくなる。猪作もしぶとい札旦那を相手に苛立ってい
た。

けれどもそこで、弐吉が初めに声を上げた客の前に出た。

「あいすみません。旦那様方のお望みを叶(かな)えるべく、手間取っております」

深く頭を下げた。

「何を申すか。都合のよいことを」

「いえ、違います。旦那様方を思ってのことでございます」

弐吉は頭を上げると、札旦那に目を向けた。怒りの目を受け止めたのである。し
かし怯(ひる)まなかった。

「斬れるなら斬ってみろ」

という気迫があった。小僧の気迫に、札旦那が引いた。最初に声を上げた札旦那
が黙ると、他の者も声を上げなくなった。刀を抜いたときもこのときも、帳場には
金左衛門と清蔵がいた。

「こいつ、手もなく事を治めやがった」

猪作は思った。体がぞくりとした。

それから猪作は、弐吉の様子を窺うようになった。

「使えるやつ、便利なやつ」

とは前から感じていたが、末恐ろしいとも思った。今は小僧だが、先に行ったら自分を追い抜くかもしれない。

自分は数年したら、清蔵の後釜になる。今の手代仲間など、競争相手だとは思わなかった。けれども競争相手は、上や同僚ではなく下にいた。これからどこまで伸びるか分からない。

清蔵は、おりおり弐吉に目をやる。明らかに関心を持っているのが分かった。何よりもそれが気に入らなかった。

だから猪作は、貞太郎に取り入ろうとした。目先のことしか考えていない貞太郎ならば、喜びそうなことを言って煽てておけばいい。ふてぶてしい弐吉は、貞太郎をないがしろにしていると少しずつ吹き込んだ。

「弐吉をそのままにしておいてはいけない。潰すならば、今のうちだ」

と考えた。

猪作は上総の貧しい漁師の家の三男坊で、酒飲みの親父や身勝手な兄に殴られて育った。気に入らないやつは、痛めつけていられなくすればいい。膂力のあるやつや銭のある者には、ご機嫌取りをして気に入られれば得があると考えながら育った。そのためには、目の前の相手がどのような者なのか、よく見極めなくてはいけない。舐めれば殴られるし、ご機嫌取りをしても得にならない相手もあった。

上総にいたときから、人を値踏みすることを覚えた。そうでなければ、腹を空かせて泣き寝入りをするしかなかった。そして弱いやつからは、食い物や菓子を取り上げた。

札差では、侍を相手にする。対談をして金を貸す札旦那については、常に値踏みをする。借りる額が大きくなって返済できず、御家人株を売らなくてはならない破目に陥っても、同情はしない。返済できないほどの金を借りた己の才覚のなさを恨めばいい。

そして手代になって、若旦那の貞太郎と近づく機会が増えた。しばらく観察していると、若旦那というだけで、使い物にならない者だと分かった。

「これは都合がいい」

貞太郎を煽てて、気に入られるように努めた。ご機嫌取りなど、物心ついたときからしてきた。傲慢さには耐えた。上総ではすぐに手を上げる、もっと面倒なやつを相手にした。

いつの間にか貞太郎は、気心を許すようになってきた。弐吉を手代にしようという話が出たとき、貞太郎に弐吉を手代にしてはいけないと伝えた。

「弐吉は、若旦那を軽んじています。殴りつけてやりました」

貞太郎は、自尊心だけは強い。猪作の話を聞いて、弐吉を手代にする話には反対した。お狛やお徳を動かすように勧めたのも猪作だ。

「近頃は、舐めた態度をとりやがる」

許しがたい気持ちが大きくなっている。先日は吾平殺しを巡って、斬ったのが一人か二人かで揉めた。殴りつけたとき、怯むどころか睨みつけてきた。あのときの怒りはまだ忘れない。

お文に止められなかったら、さらに手や足を出していただろう。

猪作は、御米蔵中の御門近くで屋台を出していた者に今日は自分が当たって、不明なあと一つを探すために問いかけをすることにした。何かの調子に、重ねて尋ねるうちに、忘れていた大事なことを思い出すかもしれない。

清蔵が手を下した者を捜せと命じたのは、城野原の調べの様子では店の札旦那である梶谷が下手人にされてしまう虞があるからだ。梶谷ならば御家断絶で、笠倉屋は七十二両の損失を被る。

弐吉の言葉を信じるならば、梶谷ではない流れになる。

猪作にしてみれば、手を下した者が誰であるかはどうでもよかった。七十二両は大金だが、笠倉屋の身代を考えれば、それで屋台骨がぐらつくという話ではない。店は何事もなかったように商いを続けてゆくだろう。

仮に一万両二万両といった損失を被ることになるのならば話は別だが、それはない。弐吉と組んだのは幸いだった。

「あいつを出し抜いて手柄を立ててやる」

もし梶谷や塚本の単独犯行ならば、目撃した二人の侍という話は調べを混乱させただけという結果になる。「寝惚(ねぼ)けていたのか」と、笑いものにしてやればいい。弐吉の信用は、一気に下がる。手代の話は消えるだろう。

また梶谷と塚本のどちらか、あるいは宇根崎主従であっても、弐吉よりも先に犯行を明らかにすることができれば、それでもよかった。自分は評価され、弐吉はいざとなれば役に立たない者となる。

猪作はまず、豆腐田楽屋台の親仁(おやじ)の長屋へ行った。弐吉から聞いていたので、探すのに手間はかからなかった。

六軒の屋台店の内、蒟蒻(こんにゃく)の煮付けで酒を飲ませる店だけがまだ分からない。これを炙り出すのだ。

お捻りを与え丁寧に聞く。

「昨日訊きに来た小僧がいたな」

弐吉のことを言っていた。

「その後で、思い出したことはありませんか」

「そういえば二人でやって来て、五合を飲んだお侍はいたっけ」

「ほう」

「気付けだとか言って」

これから人を斬るためか。塚本は、仲間のことは言わず、飲んだ量だけを話したのかもしれない。

「身なりは。御大身のような」

「違うね。そういうお侍は、うちになんか来るものか」

微禄の御家人といったところらしい。

「どちらも中年だった気がするが」

暗がりだったので、はっきり顔を見ていない。体型を訊くと、どちらも塚本には当たらない。次を当たってゆく。

六

弐吉は神田佐久間町の小料理屋花房へ行った。格子戸のある落ち着いた店構えだった。店の前を掃く十六、七歳の娘に声をかけた。

久しぶりに晴れて、店の前の水溜まりを箒で散らしていた。手を止めたところで頭を下げて問いかけた。

「阿部様という三十代後半くらいのお歳のお武家様ならば、いらっしゃいます」

隠す様子はなかった。

「三十歳前後の殿様ふうとご一緒ではなかったですか」

「そうです」

殿様の名は分からない。阿部は、そう呼ばれていたので分かった。二度来た客の名は覚えろと、おかみから告げられていた。

たまに一人で来ることもあった。

「切米の日には、お二人で来てお酒を飲みました。酔うほどではありませんでした」

お捻りを渡して問いかけを続ける。

「どのような話をしていましたか」

「さあ」

客がしていた話を聞いていたとしても、初めて現れた者に話すわけがない。それ以上深くは尋ねないで違う問いかけにした。

「切米以降に、姿を見せましたか」

「昨夜、お二人で見えました」

「その前は」

「二、三日前に、阿部様がお一人で」

それだけのことだった。酒肴（しゅこう）の代は、いつも阿部が払った。切米直後動きがなかったのは気になるが、それだけのことにも思えた。疑う材料にはならないだろう。

それから弐吉は、瓦町の札差石浜屋へ足を向けた。

塚本が親しくしていたという羽島辰之助について、話を聞こうと考えたからだ。

犯行の夜のことは、何も調べていない。

石浜屋も同業だから、顔見知りの手代がいた。弐吉は羽島について問いかけをした。

「あのお家は六年先の禄米（ろくまい）まで抵当になって、金を借りているよ」

「では、もう貸せませんね」

「返済がそうとう厳しくなるが、それを承知ならば、もう少し行けるかもしれない」

石浜屋は六、七年先の禄米でも、担保にして金を貸すらしい。

「ならば襲うことはないか」

と考えたが、返済が厳しくなるのは確かだ。借りなくて済む手立てがあれば、借りないだろう。

切米の日、羽島は昼過ぎに店にやって来て、換金した金子を受け取っていた。

「切米から後で、金を借りに来ましたか」

「いや、まだ来ていないね」

さらに自家用米を運んだ小僧に訊くと、夕暮れ時に屋敷へ行ったときには羽島はいなかったとか。米は妻女が受け取った。どこに行っていたのかは分からない。

そこへ札旦那が現れて、話をしていた小僧は驚いた。

「これは羽島様」

と現れた侍に頭を下げた。弐吉もどきりとして頭を下げた。ここで顔を見るとは、思いもしなかった。

羽島は弐吉には目も向けず、敷居を跨いで店に入った。金を借りに来たのだ。

「七年先の禄米でございますね」

「そうだ」

「返せるのでございますか」

「もちろんだ」

七年先の禄米は、笠倉屋では厳しいが石浜屋では貸すかもしれない。相手の状況次第だろう。しかし今回、石浜屋の手代は渋っている。

「ですがねえ、六年前のものが、まだお返しいただいていません」

手代はにこりともしないで続けた。なるほど、それならば貸さないだろうと察しがついた。

羽島は四半刻（しはんとき）粘ったが、金を借りることができなかった。弐吉はそのとき、店の軒下から、その様子を見ていた。

「はて」

一瞬、誰かに見張られている気がした。すぐに周囲を見回したが、不審な者の気配はなかった。

羽島が石浜屋を出たところで、弐吉は後をつけた。塚本と会えば面白いと思った。金を借りられなかったわけだが、これからどうするのか。

「金を奪ったことを、誤魔化すつもりかもしれない」

急いではいない。振り向くこともないまま、浅草川の人気（ひとけ）のない土手に出た。船着場に、小舟が舫（もや）ってある。広い川には、離れたところで材木を積んだ荷船が行き過ぎようとしていた。

このあたりは、倉庫が並んでいる。

「おかしいぞ」

と思ったところで、羽島は立ち止まり振り向いた。

「その方、何故つけてくる」

厳しい眼差（まなざ）しだった。

「いえ、そんなことは」

「とぼけるな、石浜屋にいたではないか。あそこからついて来たのは、分かっているぞ」

睨（にら）まれてどきりとした。店で凄味を利かせる札旦那（ふだだんな）と向かい合うときには、これは商いの一つだと思うから、怖いとは感じない。たとえ小僧であっても、商いは命懸けだと思っている。また店には他に人がいた。

しかし今いる場所は人気のない土手で、相手は人殺しの一味かもしれないという気持ちがあった。

「何ゆえつけてきたのか」

黙っていては、許されないと思った。逃げれば斬られるかもしれない。刀を抜いて襲ってきたら、精いっぱい歯向かうつもりだった。

米俵を担っているから、膂力には自信があった。その辺に落ちている雑木でも石でも拾って、得物に使う。とはいえ、相手は侍だ。

深く息を吸った。

羽島には、問いかけてみたいこともあった。いい機会ではないかという気もした。それで腹が据わった。

「切米の夜に、襲われた魚油屋の吾平さんのことで」

一気に口にした。その後どう話そうかと考えていると、羽島の方が口を開いた。

「わしが斬ったと言うのか」

憎悪の目になった。

「小僧ごときが」

と続けた。腰の刀に左手を添えた。今にも鯉口を切りそうで、どきりとした。

「そ、そのようなことは」

体が震え、声が掠れたのが分かった。羽島の爪先が、じりりと前に出た。またしても逃げ出したい気持ちが湧いたが、もう逃げられそうにない。また逃げたら、何も得られないという気持ちもあった。

「あの夜、塚本様は殺害のあった場所の近くにいました」

早口で言い、さらに続けた。

「お一人でしたが、斬ったのは二人連れでした」

自分が目撃したことも伝えた。

「その一人が、わしだと思ったのか」

「仲が良いと聞きました」

「なるほど」

「た、確かめたいと思いました」

「ふん。無礼なやつだな」

鼻で嗤って、一歩前に出た。左手は、腰の刀に手を触れさせたままだった。弐吉は生唾を呑み込んだ。小便が漏れそうになった。

侍は、気に入らなければ平気で町人を斬ろうとする。そういう根深い気持ちがあった。おとっつぁんと同じ目に遭うのか。

「わしもあの刻限には、蔵前通りの近くにいたぞ」

「…………」

やっていたならば、間違いなく斬られると感じた。

「しかしな、やってはおらぬ。塚本もだ」

「ど、どうして」

震えた声になった。どうせ斬られるならば、何があったか知りたかった。

「塚本は御米蔵中の御門前に出ていた屋台店で酒を飲んでいた」

「どういう屋台で」

「それは」

少しばかり考えたところで答えた。

「蒟蒻(こんにゃく)の煮付けだな」

「ああっ」

探していた一軒だ。それが事実ならば、塚本は容疑者から外れる。

「羽島様は飲まなかったので」

掠れた声で、やっと問いかけた。いつ刀を抜くか分からない恐怖があった。油断はできない。

「わしは急いでいた。そのまま通り過ぎた。支払い先が、まだあったからな」

銭もなかったと言い足した。わずかに、自嘲の笑みを漏らした。羽島の体から、張り詰めたものが消えたのが分かった。

「その屋台店を、当たってみるがよかろう」

羽島は左手を刀から離すとそう告げた。そのまま離れていった。弐吉はそれで、ぺたんと尻餅をついた。膝ががくがくして、息苦しい。すぐには立ち上がれなかった。

七

それでも弐吉は、何とか立ち上がった。あの夜中の御門前で、蒟蒻の煮付けで酒を飲ませた屋台店を探さなくてはならない。

このとき背後に足音が近づいてくるのに気がついた。それで心の臓が破裂しそうなほど驚いた。羽島が自分を斬りに戻って来たのかと思った。

しかし姿を見せたのは羽島ではなく、猪作だった。これはこれで、魂消た。

「今の侍は、何者だ。何を話したのか」

ぎらつく目を向けて問いかけてきた。これまでのやり取りの様子を、離れたところから見ていたらしい。ただやり取りの内容は、よく聞き取れなかったと察せられた。

「ど、どうしてここに」

まだ驚きが消えない。

「おまえが、石浜屋の小僧と話をしているのを、見かけたんだ。そしたらあの侍が現れて、おまえがつけ始めた」

「なるほど」

と呟(つぶや)いた。そういえば石浜屋の前で、誰かに見られていると感じた。

場合によっては、斬り殺されたかもしれなかった。けれども助けもせず、声を上げることさえしなかった。そしていなくなったところで、姿を見せた。

今した話の内容を、当然のように聞き出そうとしてきたのである。

「ふざけるな」

と思った。猪作は無事でよかったとか、怪我はなかったかとか、案じる言葉は一言もないまま急(せ)かしてきた。

「もったいをつけるな、早く言え。塚本がどうしたとか、話していたではないか」

「ただ尋ねただけです」

「だから何を訊(き)いたか話せと言っているんだ」

「大したことでは」

簡単には言いたくない。まだ調べなくてはならないことがあった。

「おれを舐めるな。どうでもいい話で、侍が腰の刀に手を触れさせるものか」

手掛かりを得たと考えている。

「いいか。番頭さんは、力を合わせろと言った。小僧のおまえは、分かったことは手代のおれに、何でも話さなくちゃあならないんだ」

都合のいい話に、腹が立つよりも呆れた。ただ黙っているわけにもいかないと感じた。悔しいが、やり取りの内容を伝えた。

「そうか。塚本は探し切れていない蒟蒻の煮付けで酒を飲ませる店にいたわけだな」

猪作はそれを洗っていた。探せずに蔵前通りを歩いていて、石浜屋の近くで弐吉を見かけたのだと察した。

「よし、ついてこい」

目当ての屋台を探すつもりらしかった。不満だが、清蔵の命とされては、ついて行かざるをえなかった。

弐吉は猪作に連れられる形で、中の御門前で屋台店を出した者たちを当たった。

「そういえばもう一軒は、蒟蒻の煮付けで酒を飲ませていたのがあったかもしれねえな」

焼いた目刺で酒を飲ませる親仁が言った。

「どこの誰か、分かりますかね」

「さあ」

分からなかった。ただ八つ小路で豆腐田楽の屋台を出していた親仁が、「そういえば」と首を傾げてから返事をした。

「神田明神の参道で店を出しているのを、見たような気がするが」

「よし」

神田明神の参道へ行く。江戸の総鎮守だ。たくさんの露店が軒を並べていた。老若の参拝客が集まっている。

一軒一軒確かめてゆくと、目当ての屋台店があった。まだ明るいから酒は出していないらしいが、蒟蒻の煮付けを売っていた。

「切米の日の夜に、中の御門前で屋台を出していませんでしたか」

猪作が問いかけた。

「ああ、出していたよ」

あの夜、商人が殺されて金を奪われた事件があったことを覚えていた。

「あの刻限頃に、五合の酒を飲んだ客がいたのを覚えていませんか」

何を言い出すのかと怪訝な顔を向けたが、猪作はお捻りを握らせた。

「ええと、ああいたな。三十前後の歳だった」

顔つきを確かめると、塚本に違いなかった。

「塚本はやっていねえぞ」

猪作は満足そうに言った。それから二人は、足早になって笠倉屋へ戻った。

「塚本の動きが分かりました」

猪作が清蔵に報告をした。その場には金左衛門や貞太郎もいた。

「手間取りましたが、そこまで行きました」

弐吉には目も向けず言って、猪作は胸を張った。

「そうかい、よくやった。さすがは猪作だ」

貞太郎が手放しでほめた。

「すると梶谷様かお旗本の宇根崎様かということになるな」

金左衛門が続けた。梶谷でないことが分かったわけではないから、安堵の表情にはならない。とはいえ猪作の手柄で、容疑者が三人から二人に絞られたことになる。

弐吉の働きに言及する者はいなかった。猪作は手柄を、独り占めした。

第四章　吠(ほ)えた犬

一

　翌朝、弐吉は猪作と店を出た。目が覚めたときには、雨音がした。梅雨の晴れ間は、一日だけだった。

　お文が、二人に昼食用の握り飯を持たせてくれる。このときは、にこりともしない。心の動きが、まったくうかがえなかった。

「つまらない女だ」

　猪作と佐吉が話しているのを、弐吉は聞いたことがあった。

　昨日、すべてが猪作のしたこととして伝えられた不満が、弐吉の胸の中に残っていた。猪作は、自分ではほとんど何もしていない。

　誰かに伝えるとしたらお文しかいないが、その機会は得られなかった。いつもの気持ちのこもらない顔で、弐吉と猪作に竹皮包みの握り飯を寄(よ)こした。清蔵から命じられてしていることだ。

「ありがとうお文さん。嬉しいですよ」

何を思っているか分からないが、猪作は口ではそう言った。陰口は利いても、表向きはぞんざいにはしない。

「おまえは宇根崎様を当たれ。私は梶谷様を当たる」

分かったことは、清蔵に伝える前に隠さず自分に話せと念を押した。やはり面倒なところを押しつけ、ある程度まで行ったら自分が出ようという腹だと見て取れた。

己が聞き込んだことは、弐吉には話さない。

自分も調べた要点は、猪作に話すのはやめようかと考えることがある。しかしそれは正直ではないし、力を合わせろと告げた清蔵の気持ちに反することになる。清蔵を裏切ることはできない。

お文から手渡された握り飯には、まだほのかに温もりが残っている。それを腹に感じながら、弐吉は神田佐久間町の小料理屋花房を目指した。

宇根崎家の用人阿部について、ここで改めて訊こうと思った。他に訊ける場所はない。

昨日話を聞いた娘が姿を見せるのを待って問いかけをした。

「何でそんなに、阿部様のことが気になるのですか」

続けて問いかけに行けば、気にもなるだろう。

「私のおとっつぁんが、前に阿部様にお世話になったんですよ」

「まあ」

「大したお礼はできませんが、できることをしたいと思っていましてね」

神妙な顔を拵(こしら)えて弐吉が言った。

この程度の作り話をして、心が痛むなどはなかった。大事なことを知るために、時には嘘も必要だ。それに、早くに両親を亡くした者は、人に取り入らなければ生きていけない。ご機嫌取りなど常の事だった。

ただ卑怯(ひきょう)な猪作の機嫌などは取りたくない。

阿部について、分かることを教えてほしいと頼んだ。お捻りは渡している。

「切米の日に、殿様と来たと聞きましたが、刻限はいつ頃でしたか」

大まかなところは聞いたが、厳密には伝えられていなかった。

「そうですね」

娘はしばし考えてから言った。

「あの日は、どこだかのお店の旦那(だんな)さんが襲われました。あの事件がある前だったと思います」

「間違いありませんか」

「ええ。出ていったのは、外が暗くなって間もなくでしたから」

それならば、犯行の刻限と重なる。宇根崎と阿部は、花房を出た後で町を歩き、犯行に及んだと考えられなくもない。

たとえ酔っていても、歯向かえない町人ならば、斬り捨てるのに手間はかからないだろう。

「その後、一度阿部様は一人で来たと聞きましたが、そのとき変わった様子はありませんでしたか。誰かと話をしていませんでしたか」

「どうでしょう」

誰とも話はしていなかった。

「でも何度かため息を吐いて、楽しそうではありませんでした」

「何かあったのですかね」

「さあ」

「殿様と一緒のときは、どうでしたか。楽しそうでしたか」

「そうでもなかったと思います」

しばし考えてから答えた。

御大身の旗本ならば、贅沢には慣れているのではないか。それをわざわざ町の小料理屋に来るのは、愉快だからに他なるまい。

「お殿様は、楽しんでいる様子ではなかったですね」

「はあ」

「阿部さまは、なだめているような感じで」

「何かあったのでしょうか」

「そうかもしれませんが」

娘には見当もつかない。二人は大きな声で騒ぐことはなかった。

切米の夜は、店にいたのは四半刻あまりだった。なだめていたかどうかは、覚えていなかった。

その後弐吉は、中西道場へも行って聞き込みをしたが、手掛かりになりそうな返答を得ることはできなかった。

「その方、何のためにそのようなことを訊く。不心得なことをいたせば、ただでは済ませぬぞ」

かえって脅された。

夕刻近くになって蔵前通りへ戻ると、お浦が雪洞から通りに出てきた。

「ちょっとちょっと」

と呼びかけてきた。雨を避けるために、軒下に腕を引かれた。

「あんた、昨日はたいへんだったんだねえ」

といって、口に飴を入れてよこした。

「ま、まあ」

確かに悔しいことがあったが、なぜお浦がそれを知っているのかと驚いた。

「ゆうべさ、若旦那と猪作のやつが店に来て飲んでいったんだよ」

そのときに、昨日の下手人捜しの話をしていたのだとか。

「あんた、お侍に睨まれたんだろ。今にも刀を抜きそうな」

「…………」

「あいつその様子を見ていて、怖がっていたって笑いものにしていた」

貞太郎は、面白がって聞いた模様だ。

「でもさ。それって自分はただ見ていただけで、何もしなかったっていうことじゃあないか」

「ああ」

お浦の言うとおりだ。もし何かがあったら、助けようとしたが間に合わなかったとでも言うのだろう。目に涙をためるかもしれない。

悔しさが込み上げた。

「腰の刀に手を触れさせたお侍に睨まれた。誰だって怖いよねえ」

「うん」

素直に頷(うなず)けた。

「自分のことは棚に上げて、後で笑いものにするなんて卑怯じゃないか」

お浦は腹を立てていた。自分の悔しさを分かってくれる者がいる。そのことに、弐吉は救われた。

二

猪作は、調べに向かう弐吉の後ろ姿を見ながら考えた。塚本絡みで石浜屋の札旦那羽島を探し出し、当たりをつけたのは忌々しいが弐吉らしい。

「あのままいったら、あいつの手柄になっていたところだった」

そうはさせない、という気持ちだ。

何かをさせれば、それなりの結果を出す。だからこそできるだけ早くに、店から追い出さなくてはいけない。

一つしかない饅頭(まんじゅう)は、自分が食べる。邪魔者がいたら、そいつは弾(はじ)き出すだけだ。物心ついたときから、そうやって生きてきた。

黙っていたら、何も口には入らない。

「あいつは、魚油屋の吾平殺しの侍は二人いたと言った」

他の目撃者は、襲撃の場にいたのは一人だけだと証言した。

猪作は貞太郎や手代仲間には、弐吉の見間違いだと話してきた。けれども実は、二人だったのではないかと気持ちのどこかで考えることがあった。

ただそうだとすると、弐吉の目は正しかったことになる。面白くない展開だ。

襲った者が二人となると、怪しいのは旗本宇根崎と家臣阿部の二人となるが、これはないと考えた。あまりにも唐突な印象だった。

「ならばまだ姿を見せない、もう一人がいるということか。いったいそれは誰か」

梶谷と親しくて、あるいは悪事を共にできる程度の知り合いで、金に困っている者だ。

そこで猪作は、今は吾平を殺して金を得て一息ついているとして、日頃困っていながら、まだ金を借りに来ていない者を頭の中に描いた。

するとニ人の札旦那の顔が、頭に浮かんだ。

一人が須賀芳之助で、もう一人が杉岡彦次郎である。

「おお、これは」

覚えず声が出た。杉岡は、前に刀を抜いて反りを見た札旦那だ。そして須賀は、待たされて早く対応しろと騒いだ者だった。

どちらも弐吉が間に入って収めた者である。

杉岡が刀を抜いたときには驚いた。怖かった。しかし刀を抜いて反りを見ると告げて脅す札旦那がいるという話は、小僧仲間から聞いたことがあった。

取り立てて珍しい話ではないらしい。笠倉屋ではなかったというだけだ。とんでもない話だが、よくよく考えれば、金を借りに行った先の札差で、小僧を斬ったとなれば、たとえ無礼討ちだと言い張ってもただでは済まない。そんな間尺に合わないまねを、札旦那がするわけがなかった。

ならば怖れるに足らないと判断した。

留守にしている間に来たかもしれないので、それを確認してそれぞれの屋敷を当たることにした。

まずは下谷山伏町の須賀の屋敷へ行った。ここも修理の行き届かない古い建物だった。庭では野菜を育てている。

様子を窺っているといきなり背後から声をかけられた。

「その方、何をしておる」

問い詰める口調で振り向くと、須賀がいた。どきりとしたが、慌ててはいけないと自分に言い聞かせた。

「これはこれは、奇遇で」

たまたま近くを通りかかったという形にした。須賀は猪作を覚えていた。

「金を貸しに来たのではないのか」

そんな言い方をした。

「いえいえ。切米が済んでから、間のないことでございましょう」

「切米の金子など、その日の内に消えたわ」

忌々しいといった口調だ。

「出入りの商人に、支払いをされたわけですね」

「そうだ」

「須賀様が廻られたわけで」

「まあな。すべてを廻ったときには、日が暮れておった」

最後に行ったのは、湯島切通町の足袋屋だと聞いた。早速、足袋屋へ行った。

「ええ、須賀様はおいでになりました。暮れ六つの鐘が鳴って四半刻ほどしてからですね」

店にいた番頭が答えた。この後殺害現場へ走っても、犯行の刻限に間に合わないだろう。須賀はやっていない。

次に猪作は、深川五間堀に近い杉岡の屋敷へ行った。屋敷内を窺うと、庭で十四、五歳の若者が竹刀を手に素振りをしているのが見えた。

「精が出ますね」

若侍に声をかけた。笠倉屋の者だと告げて、途中で買ってきた饅頭の包みを渡した。ここでも近くまで来たので、と告げた。

「父上は、出かけておるが」

留守だと知らされた。

「ご挨拶ができず、それは残念」

と返してから、問いかけをした。

「切米の折の俵は、ちゃんと届きましたでしょうか」

「夕刻前には、届いたぞ」

「それは何よりでございます。杉岡様がお受け取りになられましたか」

「いかにも」

「そのあと杉岡様は、どこかにお出かけになりましたか」

若侍はやや思い出すふうを見せてから応じた。

「出かけていた」

「お戻りになったのは、いつ頃で」

「夜五つくらいであっただろうか」

「さようで」

どきりとした。それならば、犯行は可能だ。

「変わった様子は、ありませんでしたか」

「さあ、なかったと思うが」

行った先は分からないが、酒を飲んできたと話した。

「梶谷様とは、お親しいのでございましょうか」

「蔵宿（くらやど）が同じだからな、話を聞くことはあるぞ」

店で対談を待っている間に、話をするくらいはあるだろう。

「切米の直前に、お二人が会ったことは、ないでしょうか」

「さあ、気づかぬが」

決めつけるわけにはいかないが、怪しい。

「これを突き止めたら、弐吉だけでなく他の手代よりも頭一つ先に出たことになるぞ」

笠倉屋には、番頭は清蔵がいるだけで二番番頭がいない。二番番頭は、一年前に病を得て店から出て行った。

胸が沸き立つ。

笠倉屋には、手代は四人いる。丑松と二歳年上の佐吉、一つ下の桑造だ。丑松は使える者だが、近く婿に出る。残る二人は番頭になれる器ではないと踏んでいた。

「そうなると、競争相手はあいつだけだ。見ていろ」

猪作は呟いた。

三

冬太は梶谷の見張りを続けていた。雨が降ると、傘を差していても足元が濡れる。

乾いた手拭いで拭きたいが、それはできない。

あきらめるしかなかった。

城野原は、受け持ち区域内の大店二軒の間で悶着が起こって、その仲裁に当たらざるを得ないことになっていた。

どちらも町の旦那衆と言える者で、城野原は盆暮れには進物を受けていた。それぞれを無視しては、町政が成り立たない者たちである。

だから厄介だった。

城野原はそちらに手間取られ、冬太は吾平殺しの有力容疑者である梶谷の見張りを、一人でやらざるを得ないことになっていた。

城野原も、正義だけでは動いていない。

冬太は早朝から暗くなるまで見張っているが、気になる動きはなかった。侍が訪ねて来ることはない。

たまに外出があって後をつけるが、剣術道場と御小普請支配の屋敷への行き来があるだけだった。無役の御家人は、御小普請支配の管轄下に入る。いつまでも無役では、出世も増収も見込まれない。そこで支配の屋敷に顔を出して、役付になるための運動をした。

御小普請支配の屋敷に出向き、半刻から一刻ほどいて、寄り道もしないで帰ってくる。

「本当に梶谷が殺ったのか」

暮らしぶりを窺っていると、怪しい気持ちになってきた。妻子を大事にしているように見える。傲慢な者とも感じない。

しかし追い詰められたとき、人がどう変わるかは分からない。

昨夜城野原の屋敷へ、笠倉屋の番頭清蔵がやって来て、手代の猪作が調べた塚本についての知らせを受けた。そこで犯行は宇根崎主従か梶谷のどちらかということになった。

この報は城野原から聞いた。

「梶谷でもないとなると、旗本主従か。それとも他に、誰かいるのか」

呆然とした気持ちになる。すでに他の可能性については当たっていた。漏れがあったのかとも考える。

「それでも、これから何が起こるか分からない」

冬太は己を励まして見張りを続けた。雨はやむ気配がない。濡れた紫陽花は生き生きとして美しいが、傘を差して場所を変えながら見張っているのは楽でなかった。

そして昼下がりになった。

「おおっ」

近辺では見かけない、四十歳前後とおぼしい侍が梶谷屋敷の前で立ち止まった。そのまま門を開けて、敷地内に入った。冬太が見張りを始めて、初めてのことだ。

玄関に入って何か言っている。声は聞こえたが、話の中身は聞き取れない。親し気な印象ではあった。

冬太は屋敷の門前まで行ったが、もう話し声は聞こえない。建物の奥に入ったらしい。

「何者か」

じりじりしながら、出てくるのを待った。四半刻ほどで侍は出てきた。そこで冬太は、その侍をつけることにした。

武家地の人気（ひとけ）のない道を、南に向かって歩いて行く。竪川（たてかわ）に架かる二つ目（ふため）橋を南に渡った。

侍が行った先は、深川五間堀に近い屋敷で、見たところ家禄（かろく）百俵ほどの直参（じきさん）の屋敷かと思われた。門も建物も手入れが行き届いたものではない。主人は、無役の直参だと見当がついた。

「はて」

侍が屋敷に近づいたときに、物陰に隠れた者がいた。尻端折りをした商人らしい者で、番傘を手にしている。屋敷を探っていたと思われた。

侍が建物に入ったところで、その隠れた者が姿を現して門の傍に近寄った。中の様子を窺っている。

「あれは」

笠倉屋の手代猪作だった。

「何であいつがここに」

しつこくまとわりついてきて、消えろと怒鳴りつけた。それ以来だ。梶谷にまつわる人物として、ここへやって来たのは間違いない。

「おい」

冬太は近づいて声をかけた。

「ああ、これは」

猪作も驚いた様子だった。腕を引き、やや離れたところへ移って問いかけをした。

「どうして、あの場所にいたんだ」

「親分こそ、どうしてでしょうか」

慇懃（いんぎん）な口調になって返してきた。

「いいから、おめえがここへ来たわけを話せ」

探るような目つきが気に入らない。強い口調になって冬太は言った。こいつは、下手に出たらつけ上がると見ていた。

命じる言い方が気に入らなかったのかもしれない。睨（にら）み返してきたので、冬太は脅した。

「てめえが言わないならば、番頭の清蔵さんに訊（き）くまでだ」

これで相手は折れた。ここまでやって来た顚末（てんまつ）を聞いた。

梶谷の屋敷を訪ねた侍が、杉岡彦次郎という直参だと知った。

「なるほど。怪しいな」

冬太も、梶谷屋敷からつけてきたことを話した。

「二人は組んで、切米（きりまい）の夜に襲ったのでしょうか」

猪作が呟いた。

金を借りるために大騒ぎをした者が、今は店に顔を出さない。気になるところだった。

猪作から、杉岡家の家族構成を聞いた。妻女と十五の跡取りに、二つ歳上の娘がいると伝えられた。

娘はなかなかの器量よしだとか。

「さらに杉岡を、洗ってみなければならないな」

猪作が話したのは、近所の者ならば誰でも知っている表向きのことだけだ。

「ええ。私も、ご一緒いたします」

猪作は、当然のように言った。ここは仕方がないと、冬太の方が折れた。

「杉岡を調べ出したのは、私です」

胸を張った。事実ならば、その労は認めるべきだという考えだ。どうだ、といった傲慢さもどこかに感じたが、そこは目をつぶった。

それから周辺で問いかけをした。出入りの商家を聞き出して、掛け払いの支払いについて尋ねた。

「切米の日とその翌日に払っていただいています」

薪炭屋や乾物屋など四軒で訊いたが、聞いた部分ではすべて払い終わっていた。

暮れ六つ前後の一刻の間に、杉岡の顔を見た者はいなかった。

「剣術の腕前については、何か聞いていないか」

「さあ、それは」

町の者では分からない。

「まずは事件当夜の居場所を訊かなくてはなりません。当人に、当たってみましょうか」

早晩問いかけなくてはならないが、杉岡について、もう少し調べてからでもよさそうな気がした。

「まあ、待て」

冬太はここまでのことを、城野原に伝え指図を受けることにした。

四

弐吉は、お浦と話をしていく分励まされた。押し込まれた飴が口の中にある。今回は、子ども扱いするなという気持ちにはならなかった。

もう少し頑張ろうと深く息を吸い込んだ。

ただ宇根崎主従を、正面から自分一人で当たるのには無理がある。相手が大身旗本家では、たとえ用人でも直に問いかけをすることはできない。

悪事を働いているのかもしれないのに、声をかけることもできないのは、腹立たしかった。

「くそっ」

侍だからって、威張りやがって。武家への不満は大きい。手も足も出ないのが、何よりも悔しかった。

亡くなったおとっつぁんの件も、復讐(ふくしゅう)をしたいがそのままになっている。このままでは、不審と怒りは、いつまでも身の内から消えない。

何であれ、難しいからできないで引き下がるつもりはなかった。あきらめてしまうのは悔しい。「悔しい」が、今日まで弐吉の背中を押してきた。

「きっと、何か手がある」

他に探る糸口がないかと考えた。こういうときは、目の付け所を変えなくてはいけない。

「札旦那(ふだだんな)がいつまでも引かないときは、話題を変えるんだ。同じことばかりでは、相手は納得しない」

札旦那の対談に手子摺(てこず)った手代に、清蔵は言っていた。そういう言葉は、耳に留めてきた。

「よし」

思いついたのは、切米の一月ほど前の四月七日に、神田川北河岸で、久右衛門町の薪炭屋黒木屋の番頭平之助が、夜陰に紛れて惨殺され金子十五両ほどを奪われるという事件だった。犯行の手口が似ている。

同じ者の仕業ではないかという見方があった。

侍による斬殺で、金子が奪われた。一人か二人の犯行と思われるが、はっきりしないままになっていた。担当の定町廻り同心も探索したが、これといった手掛かりが得られていなかった。

城野原も、今回改めて調べ直したかもしれない。自分が当たってどうなるかもわからないが、とにかく調べてみようと考えた。

間がほぼ一月というのが、気になるところだ。一度やって味をしめて、またという気持ちになったのではないか。

「二人の侍による仕業で、探るうちに宇根崎主従らしい気配が少しでも出てきたら状況が変わる」

弐吉は、久右衛門町の薪炭屋黒木屋の店の前に行った。このあたりは薪炭屋や材木屋といった建物が並んでいて、日が落ちると暗く人通りも少なくなる。

まず通りかかった豆腐売りの親仁に問いかけた。

「このあたりは、三月に一度くらいは、追剝のようなものが出る。でもねえ、お侍による一刀両断というのは、初めて耳にしましたよ」

怖い怖いと続けた。

「いつも、このあたりを通りますか」

「そうだね。あの日も夕方に、商いでここを通ったが、そのときはいつもと変わらなかった。怪しげな侍も見かけなかったが」

思い起こす顔で言った。

少し歩いたところに居酒屋があった。店の掃除をしていた手伝いの娘に声をかけ、お捻りを渡して問いかけた。

「うちは、このへんの商家の手代さんとか、荷運びの人、後はご浪人さまとか、そういう人が来るだけです」

大身旗本やその家臣といった風情の者は来たことがないと言った。

「では直参ふうの二人連れの侍はありませんか」

「それならば、たまにお見えになります」

一人のこともある。常連もいるらしいが、おおむね見かけない顔だとか。

「切米のあった後で、このことを訊きにきた南町の旦那がいたっけ」

城野原のことらしい。城野原も同じ者の犯行を疑って、調べに現れたのだ。

自分の出る幕はないのか、と思った。周辺の薪炭屋や材木屋の小僧にも問いかけたが、埒はあかない。

もう、とうの昔に終わったことといった反応の者もいた。

薄暗くなったところで弐吉が店に戻ると、二軒先の札差近江屋の前に人だかりがあった。

手に手に傘と提灯を持った派手な身なりの女と、濡れるのもかまわず三味線を鳴らしながら何か言っている男の姿が見えた。五、六人の芸者と幇間だ。幇間が何かを言うと、笑い声が上がった。

そしてぞろりとした蔵前風と呼ばれる身なりの、主人の喜三郎が姿を現した。

「今夜も、お出かけか」

立ち止まった弐吉は呟いた。賑やかに見送られて吉原へ繰り出す姿は、界隈の者には珍しくない。

宝仙寺駕籠は三丁停まっていて、芸者に何か言われて上機嫌で乗り込んだ。

他の二丁のうち一つには、すでにどこかの主人が乗っていた。もう一つに乗り込んだのが、やはり蔵前風の身なりをした貞太郎だった。満足そうな顔だ。

三味線が鳴って、幇間が何か歌っている。それで三丁の駕籠が、担い上げられた。芸者たちが、嬌声を上げながらついて行く。

近所の者や居合わせた札旦那たちが苦々しい顔で見詰めているが、一行は気にする様子もなかった。見送る者の中に、猪作の姿があった。

先に戻って、貞太郎が通りに姿を現したところに出くわし、ご機嫌取りをしていたのだろう。

「ただいま戻りました」

弐吉は猪作にはかまわず、笠倉屋の敷居を跨いだ。清蔵は帳場にいた。わずかに遅れて、猪作も店に戻って来た。

いつもならば、人目につかないところであれこれ一日の結果を尋ねられるが、今日はその暇がなかった。二人は清蔵の前で座り、頭を下げた。

弐吉には、伝えられるような新たなものは何もなかったが、猪作は杉岡彦次郎が梶谷家を訪ねた話をした。

「吾平さんを襲ったのは、二人という話だな」

清蔵は、ちらと弐吉に目を向けた。猪作は、一瞬不快そうな顔になった。弐吉の最初の証言を認めた形になるからだ。

梶谷と杉岡が組んで事をなした可能性が出てきた。猪作は杉岡の動きを見張っていたからこそ二人の繋がりに気づけたと、そこを強調していた。

報告が済んだ後、猪作は弐吉に近づいてきて言った。

「おまえは、旗本調べを続けろ。杉岡には関わるな」

凄味のある眼差しになって言った。

五

翌日、貞太郎は朝帰りだった。昨日見かけた幇間が送ってきて、店の前で別れた。

そのとき弐吉は店先にいて、貞太郎が五匁銀二枚を与えるのを目にした。小僧では、五匁銀など手にすることもない。

この日も、昨日からの雨が続いていた。

「おい。昨夜なかでな、面白い人を見かけたぞ」

眠そうな目をした貞太郎が、倉庫の脇で猪作に話しかけていた。弐吉は聞くつもりはなかったが、倉庫の中にいたのでやり取りが聞こえた。

吉原の妓楼で、誰かを見たらしい。

「ほう。誰でしょう」

「驚くな。宇根崎将監という四千石の旗本だ」

「それは」

やはり猪作は、驚いた様子だ。

「でもどうして、若旦那(わかだんな)は宇根崎の顔が分かったので」

貞太郎は、顔を知らないはずだ。

「向こうの遊女に訊(き)いたのさ。四千石とはいってもな、向こうじゃあ金のある方が偉いのさ。近江屋さんや私らの方が、派手に遊んでいた。でも旗本が気になったから、聞いてみたのさ。あれは誰かって」

「なるほど」

「吉原でも惣籬(そうまがき)の大見世(おおみせ)だ。金のない侍など、敷居も跨げない。無理しているんじゃないかと、近江屋さんたちと笑ったわけさ」

自慢話でしかないが、遊びにとてつもない金がかかるだろうことは、弐吉にも推量はできた。出発に太鼓持ちや芸者を呼ぶのにも、相当の金子(きんす)が要る。そこまではやらないにしても、大きな出費だと察せられる。

「よく来ているんですか」

「どうやら馴染みの遊女がいるらしい」

四千石とはいっても、無尽蔵に金があるわけではないだろう。

「馴染みの遊女がいたら、それは物入りだ」

「御大身は、その費えが欲しくて、商人を襲ったのでしょうか」

「十両やそこらでは、たいしたことはできないさ」

貞太郎は嘲笑うように言うと、いかにも眠そうな大きな欠伸をした。

弐吉はお文が拵えてくれた握り飯を懐にして、猪作とは別に笠倉屋を出た。番傘は、毎日手放さない。雨はもう少しでやみそうだが、なかなかやまない。

向かった先は久右衛門町だったが、向かったのは黒木屋ではなかった。事前に聞いていた、殺された番頭平之助の住まいである。

弐吉は買ってきた団子の包みを手渡し、まずは位牌に線香を上げさせてもらった。まだ十歳と七歳の子どもがいる。女房は、黒木屋と縁続きの小料理屋で手伝い仕事をすることになっていると聞いた。

上の子は、近く奉公に出るとか。

侍は、家族の平穏な暮らしを奪ったことになる。窶れた女房の顔を見ていると、亡くなった自分の母親を思い出して、新たな怒りが胸に湧いた。

「旦那さんが襲われる前に、何か変わったことがなかったかどうか、話をしませんでしたか」

この問いかけは、当然初めに同心がしているとは思った。

「夜、お店から帰るときに、何者かにつけられているような気がすると話したことはありました」

すっと答えた。とはいえそれは、事件があった三日前の一回だけだった。

「でもそれも気のせいかもしれないと、話していました」

「そのときに、近くで何か起こっていなかったでしょうか。小さなことでもかまいませんが」

このことは、初めに聞き取りに来た同心も、城野原も尋ねてはいなかったようだ。

女房は、考えるふうを見せた。

「そういえば、ずいぶんと犬が吠えていたと言っていました」

「野良犬でしょうか」

事件に関わるかどうか分からないが、一応聞いておく。

「さあ、どうでしょうか」

どこの犬かは分からない。野良犬かもしれなかった。

犬が鳴くなど珍しくもないが、念のため周辺で犬を飼っている家を聞いて、訪ねてみることにした。神田川北河岸で、黒木屋の番頭平之助が殺された三日前の出来事となる。

まずは同じ町の版木職人の家で、裏木戸を押して敷地の中へ入った。声をかけようとしたところで、いきなり激しく犬に吠えられた。睨みつけた眼差しで身構えている。体が震えあがった。大きな犬だった。首に縄がかけられて柱に結び付けられているから吠えられただけだが、そうでなかったらすぐに嚙まれただろうと考えてぞっとした。

思わず後ずさった。

ひとしきり吠えた後で、今度は「うう」と唸って、前に出ようとした。繫いでいる縄が、ぴんと張っている。今にも結び目がほどけるのではないかとはらはらした。逃げ出そうとしたところで、十七、八歳くらいの職人ふうが出てきた。犬の傍へ行って縄を引いた。頭を撫でながら何か言うと、犬は吠えるのを止めた。

それでほっと、胸を撫で下ろした。

「怪しげな者を見かけると、こいつは吠えるんだ」

職人ふうが言った。自分は怪しげな者なのだと、弐吉はがっかりした。怯(おび)えはまだ消えない。

それでも気持ちを立て直して、問いかけをした。

「四月四日の夜のことだな。そんなに前のことか」

呆(あき)れたような顔で言った。

「一月(ひとつき)以上も前に、犬に何があったか。そんなことを覚えているわけがない。こいつは、何かあるたびに吠えているからな」

笑った。どうでもいいといった印象だ。

これは平之助殺しに関わるかもしれないと伝えた。自分は縁があって、事件をそのままにしたくないと思っている者だと伝えた。

「そうかい」

嘲笑う気配が消えた。

「野良犬じゃないかね。うちのは、日が落ちたら縄で繋(つな)いでおくから」

と続けた。

「なるほど」

「それによ。犬なんて、どこででも鳴くぜ」

とやられて、気持ちがめげた。

しかし自分を励まして、犬を飼っている次の家へ行った。しかしそこも、夜は縄で繋いでいると言われた。

ただ隣町の下駄職人の家の犬は、夜は放していると教えられた。

また吠えられてはかなわないので、木戸門からやや離れたあたりから、足音を立てないように気を付けた。垣根の間から恐る恐る覗いたが、庭や勝手口に犬の姿はなかった。

「四月四日の夜だって」

弐吉の話を聞いて、女房は驚きの目を向けた。

「何か、ありましたか」

常とは思えない反応だ。

「おおありだよ。うちの犬が、誰かに斬られて死んだんだ」

「それは」

弐吉も仰天した。その夜は帰ってこなくて、翌日も姿を見かけなかった。いつもなら、腹が減れば戻って来た。

「おかしいと思って、子どもに捜させたんだよ。そしたらね」

神田川の土手に、斬られた状態で捨てられていた。雑草の繁った中だったから、目立たなかった。

大きな問題にはならなかったが、斬り口は見事で、侍の仕業だと思われた。

「その夜、河岸の道で犬が激しく鳴くのを耳にしたという話を聞きました」

「じゃあひどく鳴いて、やられたんだね」

飼い犬は不審な者には、これまでも激しく鳴いたとか。鳴かれた方は、悪さを企(たくら)んでいる者ならば邪魔だっただろう。

黙らせるには、ばっさりやるのが手っ取り早い。

となると平之助が耳にした犬の鳴き声が、下駄職人の家の飼い犬のものである可能性が高くなった。

「すると斬ったのは誰か」

弐吉の頭に浮かんだのは、阿部仙之助だった。

「阿部は、平之助を襲おうとして様子を窺(うかが)っていた」

という前提の上でだ。証拠はないが、平之助殺しを、主従の仕業として考えた場合には繋がる。犬と何があったかは見当もつかないが。

そうなると、四月四日の暮れ六つあたりの阿部もしくは宇根崎の動きをはっきりさせなくてはならない。そこで弐吉は、駿河台の宇根崎屋敷の近くにある辻番小屋へ走った。

お捻りを渡して問いかけた。

「四月の四日だと、そんなに前の夕方以降のことなんて、覚えているわけがねえだろう」

弐吉の問いかけを聞いた番人は、怒ったように言った。お捻りを渡していなかったら、殴られていたかもしれない。もっともだと思ったが、それで終わりにはできない。

「犬を斬ったかもしれなくて」

ここで返り血のことに思い至った。やっていたら、相手が犬でも浴びたのではないか。

「血のにおいがしませんでしたか」

「何だと」

初めは馬鹿にしたような様子だったが、はっとした顔になった。何かあったようだ。次の言葉を待った。

「日にちははっきりしないが、その頃だ」

番人の交替で、小屋を出た。屋敷の門前近くを歩いていて、やって来た阿部とすれ違ったのだとか。暗かったが、提灯を持っていたので、顔が分かった。

「そのときに、少しだが血のにおいがして驚いたんだっけ」

阿部には、慌てた様子はなかったとか。

「その日にちは、はっきりしませんか」

「う、うーん。無理だな」

首を傾げて考えた上での返答だ。日にちは、特定できなかった。四日に犬を斬ったとしたら、辻褄が合う。

そこで再び、久右衛門町へ行った。黒木屋の小僧を呼び出した。

このあたりで、旗本家へ出入りしている店はないかと聞いた。黒木屋は、宇根崎家への出入りはしていない。これも疑われない理由の一つになっていた。

「神田八名川町の蛭子屋さんだね」

足袋屋だ。早速行って店の小僧に訊いた。店の奥では、三十代半ばの歳の主人が算盤を弾いている。繁盛している様子だ。番頭は集金に出ているとか。

「駿河台の宇根崎様ならば、出入りをさせてもらっているよ」

「では三好町の魚油屋上総屋さんは」

何よりも、これを聞きたい。

「ああ、そこも出入りをしているね」

腹の奥が、一気に熱くなった。

「黒木屋さんは、宇根崎家に出入りをしていませんね」

「していないよ。でも二年くらい前に、御用を受けられないかと頼みに行ったと聞いたが」

「さようで」

対応したのは、用人の阿部だった。心の臓が破裂しそうになった。出入りができていなくても、関わりがなかったとはいえない。

「阿部ならば、殺された二人の動きも分かったのではないか」

何かの折に、聞き出すことはできただろう。

そう考えると、二つの襲撃事件の下手人として、宇根崎主従の可能性が浮かび上がってきた。

六

冬太は、城野原と共に深川五間堀に近い杉岡彦次郎の屋敷へ行った。町廻りを済ませた後で、杉岡に問いかけようという判断だ。

面倒くさがりの城野原だが、動くときは動く。ただそれは、事をさっさと終わらせてしまいたいからだ。熱心だからではない。

屋敷の見えるところまで行くと、すでに門からやや離れたあたりに、猪作が潜んで様子を窺っていた。

「あやつも、ずいぶん熱が入っているな」

「どうせ、主人や番頭に気に入られようとしているのでしょう」

猪作のずる賢そうな目を思い出しながら、冬太は答えた。下手人が梶谷だとなれば、笠倉屋の損害は大きい。店としては、早く知りたいところだろう。

それで冬太は、「二人の犯行だ」と証言した弐吉のことを思い出した。近頃顔を出さない。清々したが、代わりに猪作が現れた。こちらは恩着せがましいところがあって、いけ好かないやつという気持ちがあった。

「杉岡は、まだ出かけていません」

近づいてきた猪作は、城野原に伝えた。気に入られようという態度や物言いが癇に障る。逆らわないがしぶとい。白々しいご機嫌取りをしてくるのも不快だった。

「まずは近所で、暮らしぶりを聞こう」

城野原は言った。

「ただな、札差に金を借りに行っていなくても、杉岡が梶谷を訪ねたにしても、一つ一つで考えたらどうということもない」

「そうですね」

言われてみれば、もっともだ。ただ見張りを続けていて、ようやくあった出来事だった。別方面から調べていた猪作の動きとも重なった。

「卒爾ながらお尋ねいたしたい」

二軒おいた先の門前にいた隠居ふうの老人に、城野原は丁寧な口調で問いかけた。

町方役人は、町人相手には威張っているが、直参には下手に出る。

「杉岡殿のところでは、何かよきことがおありになったのでござろうか」

蔵宿へは金を借りに行かないでも、商家への支払いは済ませた。切米の後とはいえ不審があるから、こういう問いかけをしたのだと冬太には分かる。

「そこもとは」

「昔世話になった者でござる。祝い事があったのならば、それなりのことをいたしたいと存じましてな」

城野原は調子を合わせた。同心としての問いかけにしていない。城野原は何も知らせないと、悔しがるふりもした。

冬太と猪作は、このやり取りを固唾を呑んで見詰めている。

「杉岡家の娘ごが器量よしなのは、御存知であろう」

隠居ふうは、満足そうに頷いてから応じた。

「それはもう」

「あの娘ごの祝言が、決まり申した」

「それはめでたい。それで相手は」

喜ぶ様子も、本当らしい。城野原は役者だ。やる気はないが、定町廻り同心として、なかなかのやり手だと冬太は思っている。

「深川の老舗の醬油問屋の家でしてな」

「なるほど」

「いや、いいところへ嫁に出した」

隠居は羨む口調だった。武家の娘が、富裕な商家に嫁ぐ例は珍しくない。その場合、実家にそれなりの援助があるのが普通だ。隠居ふうは、それを言っていた。

猪作が、悔しそうに唇を嚙んでいた。

隠居の話が事実ならば、商家への掛け払いを済ませたことも、札差に金策に行かなくなったことも得心が行く。梶谷を訪ねたことも、こちらが予想したこととは異なった理由となるはずだった。

「他からも訊いてみよう」

城野原は、杉岡家に出入りしている酒屋を教えてもらった。

「ええ、何やらおめでたいことがあったようで」

酒屋の番頭は、灘の下り酒を四斗樽で届けたと言った。

「いつのことだ」

「四月になって、すぐの頃です」

切米の前だ。

「杉岡は、殺しに関わっちゃあいねえな」

城野原が決めつけるように言った。

「くそっ」

猪作もがっかりした様子だが、冬太も目当てが外れて悔しい気持ちだった。また梶谷の暮らしぶりを、見張らなくてはならない。猪作も不貞腐れている様子に見えた。

第五章　次の手代

一

「他に、宇根崎家に出入りしている商家を知りませんか」

弐吉はお捻り（ひね）をもう一つ奮発して、蛭子屋の小僧に尋ねた。

「それならば、神田豊島町（としまちょう）の能登屋（のと）さんだね」

太物屋（ふともの）だそうな。さらに尋ねようとすると、小僧は迷惑そうな顔をした。

「これからお届がある。この二、三日は忙しいんだよ」

と告げられた。お捻りを与えているから相手をしていたが、長話をしていれば、小僧は叱られるのだろう。

仕方がないので、弐吉は頭を下げると能登屋に足を向けた。こちらも繁盛していて、忙（せわ）しない様子だった。

「さすがは大身旗本家出入りの店か」

呟きとなった。宇根崎家出入りの店としては一番の大店のようだ。

手代か小僧に問いかけをしたかったが、なかなか声掛けの機会がなかった。仕事の邪魔となりそうだ。

そこへ羽織姿の中年の男が現れて、店の敷居を跨いだ。

「お帰りなさいまし」

という声が響いて、店の番頭だと分かった。

「朝からずっと出ていたからね、息つく暇もありませんでしたよ」

小僧が運んできた茶を飲みながら言った。

「またお出かけですか」

手代の一人が問いかけた。

「そうだよ。夕方には本郷まで行かなくちゃならない」

「お疲れ様で」

「まったくだよ。前から、今日のその刻限にしてくれって言われていたから仕方がない」

「お支払いいただくとはいえ、難儀なことでございます」

手代が番頭をねぎらっている。そして店にいた客が引き上げた。ようやく弐吉は、店先にいた小僧の一人に、問いかけができた。

「こちらは、宇根崎様のお屋敷に出入りをしていますね」

「していますよ」

「近頃、阿部様がお見えになることはありますか」

「この三月ほどはありません」

「そうですか」

だいぶがっかりした。とはいえ、そのままにはできない大事なことを耳にした。

番頭は夕方には、改めて本郷まで集金に向かうという話だ。

もし賊がそれを知っていれば、襲うのではないかと考えたのである。

黒木屋の平之助と上総屋の吾平の動きを、知っていたとの推量があってのことだ。

「でも、番頭さんは、昨日は宇根崎様のお屋敷に顔を出していたよ。ご注文をいただいたのでね」

小僧を連れて、品を持って出かけたのだとか。

「ならば今日の動きについて、話したかもしれない」

と弐吉は思った。とはいっても、これは自分の勝手な考えだと分かっていた。自分で、様子を見るしかない。

ただ、一応は清蔵の耳に入れておくことにした。何か知恵を、もらえるかもしれない。また何よりも能登屋の番頭を襲う虞もあるから、手助けを得られるならばありがたかった。

怯むつもりはないが、相手は侍の二人連れだ。

店に戻ると、清蔵は出かけていた。猪作も戻っていなかった。猪作はどうでもいいが、清蔵には伝えたかった。

裏庭に出ると、お文が洗濯物を取り込んでいた。弐吉は、胸にあることを誰かに話したかった。お文なら、聞いてもらえると思った。

「ちょっと、いいですか」

「どうぞ」

いつものようににこりともしないが、拒絶している気配は感じなかった。今日一日見聞きしてきたことを、自分の想像も含めて弐吉は話した。

「なるほど。黒木屋さんと上総屋さんが、宇根崎家出入りの商人だったというのは驚きですね」

「ええ。犬の鳴き声が手掛かりになりました」

「日にちがずれていたので、城野原さまや冬太さんは気がつかなかったわけですね」

それ以上は何も口にしなかったが、お文が聞き込みの成果を認めてくれたのは嬉しかった。

まだ清蔵も猪作も戻らない。弐吉は、いざとなったら、一人でも能登屋の番頭をつけてみると伝えた。

「それはいけません」

これはきっぱりとした口調だった。

「本当に襲ってきたとしたら、弐吉さんも斬られます」

と続けられた。

「そうですね」

昂っていた気持ちが、それで抑えられた。賊を捕らえたいとはいえ、自分が死ぬつもりはなかった。

清蔵が戻るのを待ったが、帰ってこない。猪作もだ。貞太郎はいたが、これに声をかけるのは嫌だった。

「能登屋を見張って、番頭をつけます」

お文に伝えた。出かけられてしまっては、手遅れになる。

「無理はいけません」

「分かっています」

清蔵が戻ってきたら、このことは伝えるとお文は言った。

弐吉は一人で、神田川南の豊島町へ足を向けた。能登屋の斜め向かいにある荒物屋の軒下から店を見張った。しとしととした雨は、ときおり止みそうになるが、まったく止んでしまうことはなかった。

店の様子を見詰めている。笠倉屋の者が誰も来ない内に、番頭が店から姿を見せた。傘を広げた。額は分からないが、代金を受け取りに行くらしい。

弐吉は一人だが、つけていかねばならない。心の臓が高鳴って痛くなった。宇根崎主従が現れるかもしれなかった。そうなったら、ただ見ているだけというわけにはいかない。命懸けだ。

番頭は足早に歩いて行く。だが隣町へ出たところで、城野原と冬太、それに猪作が姿を現した。

「お文から聞いたぞ」

城野原が言った。猪作は、忌々しそうな顔をしている。

雨の道は、人通りが少ない。四人は番頭にも、襲おうとする者にも気づかれないように間を空け、注意をしながらつけてゆく。

歩きながら、冬太が杉岡は関わりがなかったことを伝えてよこした。それでいったん、笠倉屋へ足を向けたのだ。

「こうなると、宇根崎の方が怪しいぞ」

「そうですね」

冬太が頷いた。

番頭は本郷で集金を済ませると、帰路についた。襲われるならば、集金した金を持っている帰りだ。

道の両側に目を配る。道が交わるところでは、間を詰めた。

緊張しながら歩いたが、襲われることもなく能登屋へ戻ってしまった。

ふうと、冬太がため息を吐いた。

何事もなかったことには安堵があるが、それでは一件の解決には繋がらない。

「大騒ぎをさせやがって」

愉快そうに、猪作が言った。

二

弐吉は台所で、猪作と遅くなった晩飯を食べた。もちろん離れた場所でだ。

主人一家は白米を食べ、魚など数種類の菜がつく。小僧の食事は、麦交じりの玄米の飯に味噌汁、香の物がつくだけだった。手代になると、これに竹輪の煮付けなど一品がついて、これが小僧との明らかな違いだった。

「早く一品がつく身の上になりたい」

小僧たちの本音である。弐吉も同じ気持ちだ。

今夜は猪作がいたので、飯も汁も残っていた。お文が給仕をしてくれた。何も話さないが、飯と汁の量は同じだった。

食事を始めると、手代仲間や太助ら小僧たちが集まって来た。

猪作は手代たちに、本郷まで出向いたことが無駄足になったことを声高に話していた。杉岡の話はしない。

「小賢しいやつだ。お陰で無駄足になった」

「いかにも軽はずみではないか」

続けざまに、聞こえよがしに言っている。佐吉や桑造、太助は、笑いながら聞いていた。

弐吉は知らぬふりを通した。

近付いてきたお文は、何も言わず、猪作に気づかれないように玉子焼きを一切れくれた。驚いた。お狛とお徳のために拵えたものらしい。黙って頭を下げた。

一口かじった。砂糖が使われていて甘い。こんなにうまいものを食べたのは、初めてだった。顎の付け根が痛くなった。

食べ終わったところで、台所の土間にいたお文に、玉子焼きの皿を返した。

このときには、猪作らはいなくなっていた。弐吉は、耳にしているだろうと思ったが、能登屋の番頭に関わる顚末を話した。

「やっぱり、見当違いだったのでしょうか」

猪作から、「小賢しい」とか「軽はずみ」と言われた言葉が、頭に残っていた。

状況から考えれば、襲撃の可能性はあった。貞太郎や猪作の言葉など気にしないつもりだが、結果が出ないと、やはり気が滅入った。

するとお文が返した。

「貞太郎さんが、話をしていました」

「どのような」

弐吉の問いかけには繋がらない返事だと感じたが、耳を傾けた。

「宇根崎さまが、昨夜吉原に来ていたという話です」

そういえば、朝帰りをした貞太郎が、そういう話をしていたのを思い出した。

「吉原の惣籬ともなれば、お金がかかるという話でした」

惣籬と言われても、意味が分からない。ただ金のかかる格の高い見世だろうとの見当はついた。

「でも、四千石ですよ」

それならば、さすがに遊ぶ金はあるだろうと考えた。

「よく分かりませんが、旗本では遊ぶのはたいへんだろうと言っていました」

ゆとりのある札差だから遊べると、自慢している気配だった。己の稼ぎではないが、そういうところでは貞太郎は傲慢だ。また金の動きを見る目や人を値踏みする目はあった。それで態度を変える。

「くだんのお旗本の内証がどうかは分かりませんが、お金が欲しいのならば、そしてそのお旗本が人でなしならば、襲うのではないでしょうか」

憎しみのこもった声で言っているので魂消た。これとは違うことだとしても、胸の奥に何か侍に深い恨みがある口ぶりだった。抑えた口ぶりでも、それが弐吉に伝わってきた。

「そうですね」

弐吉も、武家には恨みがある。人として信じていない。

「では今夜はなかったとしても、明日以降あると」

「ないとはいえないでしょう」

その通りだと思った。翌日も、能登屋を見張ることにした。

翌朝は雨が止んでいて、薄日が差していた。雨でないのは、ほっとする。弐吉は薄曇りの空を見上げた。

「二度と勝手な思い過ごしで大騒ぎをするな」

と言い残し、猪作は梶谷を見張るとして店を出て行った。弐吉は能登屋に向かった。お文の昨夜の言葉が頭にある。思い過ごしではない。

「見ていろ」

という気持ちだった。店にある不審者用の棍棒(こんぼう)を腰に差した。豊島町へ行って、まず能登屋の様子を窺(うかが)った。

番頭は、帳場格子の内側で大福帳に何か書き込んでいる。弐吉は昨日とは違う小僧に問いかけた。

「今日は夕方以降、旦那さんや番頭さんは店にいらっしゃいますね」

お捻りは、忘れずに渡す。

「出かけるとは聞いていないが。何か御用かい」

「いえいえ、ちと伺ってくるようにと言われたもので」

慌てて答えた。出かけないならば、今夜の襲撃はない。余計なことを訊かれない内に離れようとすると、小僧が思いがけないことを口にした。

「少し前に、同じことを訊きに来た人がいたんでね」

「えっ」

魂消た。

「いったい、どんな人でしたか」

「町方の旦那の、手先だね。あれは」

歳頃や顔形を訊くと、冬太だった。とはいえ今ここには、冬太の姿はない。

「あいつは、自分と同じことを考えたのか」

弐吉は胸の内で呟いた。昨夜は無駄足になって、猪作に責められた。城野原と冬太は何も言わなかった。何を考えているかは分からなかったが、猪作とは異なる受け取りをしていたようだ。

「他に、どんなことを訊きましたか」

「宇根崎様に出入りしている、他のお店を尋ねられたっけ」

黒木屋や上総屋、蛭子屋など思いつく店の名を挙げたとか。城野原や冬太は、上総屋と黒木屋が、偶然に襲われたとは考えていないのだろう。そこで弐吉は、はっとなった。蛭子屋も、襲われる虞があると察したからだ。

弐吉は、神田八名川町の蛭子屋へ向かった。

「来ると思ったぜ」

店の前に立つと、背後から声をかけられた。声を聞いただけで、冬太だと分かった。

前には関わるなと睨みつけられた。今回も好意的な物言いだとは感じないが、問答無用で追い払う気配ではなかった。

「蛭子屋の番頭は、今夕、顧客から代金を受け取るそうだ」

冬太が言った。弐吉がここへ来る前に、聞き込みを済ませた模様だ。さすがに早かった。房のない十手でも、あれば役に立つようだ。

「では今夜、宇根崎主従は番頭を襲うのでしょうか」

「それは分からねえ。ただ蛭子屋では、小僧を二人付けるらしい」

万一のことを考えるのは当然だ。

「それでも、腕に自信があるならばやるのではないでしょうか」

これは弐吉の考えだ。小僧の二人や三人、何とも思わないだろう。

「とはいえ、今夜襲うかどうかは分からねえ」

「そうですね。明日か明後日、能登屋を襲うかもしれません」

いや、他の店の虞もあった。

「それにな。本当に宇根崎が襲っているのかどうかは、まだはっきりしねえ」

それらしいと見ているだけで、確証があったわけではなかった。とはいえ気持ちは、梶谷よりも宇根崎主従の仕業の方に動いている。

ただ言われる通り、蛭子屋や能登屋が襲われるとは限らない。また日にちもはっきりしない。

「では宇根崎屋敷の前で、動きを見張ります」

蛭子屋を見張るよりも確かだ。相手は四千石の御大身だから、見過ごしてしまえば手も足も出ない。

「よし、そうしよう」

という話になった。無駄足になるのは覚悟の上だった。邪魔者扱いをされなかった。

三

そこで弐吉は、冬太と共に駿河台の宇根崎屋敷へ向かった。この頃には日が出てきて、道の水溜まりを照らしている。

辻番小屋で、番人に宇根崎屋敷の主従は屋敷にいるかどうか尋ねた。

「四半刻ほど前に、出て行ったが」

今日は登城ではないらしい。二人だけで、駕籠も馬も使っていない。昼前から吉原とは思えない。

「つけられなかったのは残念だ」

冬太は言ったが、それは仕方がなかった。夕暮れにはかなりの間がある。一度戻ると踏んで、様子を窺うことにした。

見張りながら、話をした。

「猪作は、梶谷を怪しいと考えている。だがそう考えているのは、おまえに張り合っているからのようだ」

それは感じている。お文からも、それらしいことを言われたことがあった。

「確かに、梶谷の仕業でないとは言い切れねえが、思い込みが強いのはよくねえ」

「そうですね」

「おめえが手柄を立てるのを嫌がっている。手柄を立てると、おめえが手代になると見ているからのようだ」

嘲笑う口調だった。

「小せえやつだ」

と言い足した。

昼八つ（午後二時頃）を過ぎても、人の出入りはなかった。雨が降らないのは助かった。ただそうなると、日差しが強かった。

「戻りませんね」

弐吉は気になってきた。

「剣術の稽古にでも行っているのか」

そう言った冬太は、中西道場まで確かめに行った。今見張っていることが、無駄なことのように思われてきた。じっとしていられなかったのだろう。

一刻ほどで戻って来た。その間、屋敷には何も起こっていなかった。

「二人で稽古に来たようだ。そして昼八つ半には道場を出ている」

そこまでは分かったが、その後は不明だ。じりじりしながら、戻るのを待った。

そろそろ夕刻といった頃になった。

「胸騒ぎがするぞ」

冬太が口にした。弐吉も同じ気持ちだ。

「まさかこのまま襲う気じゃ」

「それならば、屋敷には戻らないでしょう」

二人は同時に走り出した。神田八名川町の蛭子屋へ向かったのである。

「番頭さんならば、小僧二人を連れて出かけました」

十三両の集金だとか。問いかけた小僧が答えた。嫌な予感が、的中した気がした。

行き先は小石川茗荷谷（こいしかわみょうがだに）の千石の旗本屋敷だという。

番頭はどういう経路で行くのかと、冬太が訊いた。城野原に伝えたいところだが、
どこにいるのか分からない。それをしている間はないと考えた。

城野原は手が空けば、蛭子屋へも顔を出すつもりでいるとか。現れたら事の次第

を伝えてもらうことにした。

聞いた経路を、弐吉と冬太は走った。

茗荷谷界隈(かいわい)は、武家屋敷がほとんどで、その中に寺社が点在している。人通りはほとんどなかった。静かで、風の音と時折鳥の鳴き声が聞こえるばかりだ。

「おおっ」

弐吉は声を上げた。薄闇の中、集金を終えた蛭子屋の番頭が小僧を連れて戻ってくる姿が見えた。

だがこのとき、物陰から二人の覆面の侍が現れた。刀を抜いた。

「うわっ」

二人の小僧は怯(おび)えているが、その内の一人が声を上げた。小僧たちは、持ってきた棍棒(こんぼう)を構えた。

腰が引けている。離れたところから見ても、震えているのが分かった。

一人の侍が、番頭に斬りかかった。

番頭は何か叫びながら、必死で振り下ろされた刀身を避(よ)けた。もう一人の賊は、二人の小僧に対峙(たいじ)していた。

小僧たちは手も足も出ない。顔を引き攣(つ)らせていて、声も出せないようだ。逃げ出したい気持ちと戦っている。

「盗賊めっ」

叫び声を上げながら、弐吉と冬太は駆け寄り躍りかかった。弐吉は持ってきた棍棒を、冬太は房のない十手を握りしめていた。

番頭は、身を防ぐべき何物も手にしていない。一度は避けたが、すでに体の均衡を崩していた。次の一撃は躱せない。

賊は逃げられない獲物を前に、楽しむように刀身を振り上げた。そして一気に、振り下ろした。

「待てっ」

弐吉は賊との間に飛び込んで、棍棒で侍の一撃を払った。番頭はよろよろとして、この場から離れた。

「おのれっ、邪魔立てしおって」

侍は、憎悪の目を向けてきた。向かい合う形になった。相手は頭巾をつけているから、顔は見えない。しかし身なりは、極めて良かった。こちらが、宇根崎将監だと思われた。

正眼に構えて、じりと前に出た。

「命を惜しまぬやつだな。望み通り死なせてやろう」

どこか面白がっている口ぶりで、刀を振り上げた。言葉は、脅しではないと感じた。

「やるならばやってみろ」

弐吉は棍棒を握りしめた。怖さは通り越している。逃げたらば殺されるのは、分かっていた。

「くたばれ」

一撃が襲ってきた。上段から頭のてっぺんを目指している。弐吉は前に出た。それしか手立てはないと、体が感じていた。

棍棒で、落ちてくる刀身を横に払った。渾身(こんしん)の力をこめていた。互いに勢いがついていた。

体がぶつかりそうになって、交差した。

弐吉が振り向くと、相手も振り向いたところだった。

「とうっ」

休まず、次の一撃が肩を目指して迫ってきた。今度は後ろへ下がりながら、棍棒で撥(は)ね上げた。

手が痺れた。相手はいきんでもいないのに、押してくる力が手に伝わってくる。棍棒を落としそうになった。

両手で握った。

その直後、再度刀身が迫ってきた。一瞬の動きだ。これまでとは違って、斜め下から迫ってきた。

体を横に飛ばして、切っ先を払ったつもりだったが、右腕に痛みが走った。浅手だが、右の二の腕を斬られていた。

相手はさらに前に出てきた。刀身が振り上げられた。

直後、こちらの肩先を目指して振り下ろされてくる。弐吉は棍棒で受けて、かろうじて躱した。手に強い衝撃があった。棍棒が折れるのではないかと、怖れがあった。

攻めは、それでは終わらない。相手の刀身が、目の前で回転した。切っ先がすっと浮かび上がるように見えたその後、またしても肩先を狙う一撃となって襲ってきた。

勢いがついている。慌てて後ろに引こうとした足が縺れた。

「ああっ」

もう駄目かと思った。避けるだけだ。ここまではどうにかなったが、次は分からなかった。

こちらは剣術の稽古などしたこともない。相手は侍だ。守るだけで精いっぱいだったが、それでもここまでやれたのは、幸運だったのかもしれなかった。

二の腕から滴り落ちる血が、棍棒を握る掌に伝った。

びゅうと風を切る音がして、刀身が迫ってきた。滑り落ちそうになる棍棒を握った。とはいえ、前のようには力が入らない。

切っ先が、目の前に迫ってきた。

「斬られる」

と覚悟を決めたとき、横合いから人が駆け込んできて突き飛ばされた。同時に、相手の刀が撥ね上げられた。

弐吉の体は、地べたに転がった。しかし斬られなかったことだけは分かった。棍棒は、まだ握り締めていた。

着流しに黒羽織の侍が、敵と刃を交えている。城野原が駆け付けてきたのだった。寸刻遅かったら、こちらの命はなかったかもしれない。

痛みを堪えて、弐吉は立ち上がった。

「こちらはいい。もう一人の方の助勢をしろ」

城野原が叫んだ。

はっとして後ろに目をやると、十手を構えた冬太がもう一人の侍と対峙をしていた。傍に棍棒を手にした小僧たちがいるが、怯えていて助勢にはなっていなかった。立ち尽くしているだけだ。

冬太の相手は、阿部に間違いない。振り被られた刀身が、冬太の首筋を目がけて振り下ろされた。力のこもった刀の動きだ。迷いがない。

「うわっ」

弐吉は、それで冬太が斬られたかと考えた。覚えず声が出た。

けれどもそれはなかった。十手が、刀身を躱していた。ただそれがやっとだった。攻めには繋がらない。冬太の動きは機敏に見えるが、侍に歯向かうには、まだ何かが足りなかった。

角度を変えた侍の再度の一撃は、右の小手を打っていた。十手が宙に飛んでいた。

鮮血が散った。

骨まで傷つけられたかもしれない。

侍は動きを止めなかった。新たな一撃を、耳のあたりを目指して打ち込んだ。冬太には、身を守るすべは何もない。

「もう躱しきれない」

このままでは殺されてしまう。喉(のど)の奥で声を発したときには、弐吉の体は動いていた。斬られた己の二の腕のことは、頭になかった。

冬太を襲う一撃を、弐吉は棍棒(こんぼう)で撥(は)ね上げた。そのまま体を、前にぶつけた。引けば宙に浮いた切っ先が、そのまま突いてくる。

こちらは棍棒だが、その先で首を突けば喉ぼとけを突き崩す。やられるならば、相打ちにしてやると体が動いた。考えたわけではなかった。

敵はこの動きを嫌がった。体を斜めにして足を引いた。その胸を、弐吉は棍棒の先で突いた。

渾身の力をこめたつもりだったが、相手は刀身でこれを避(よ)けた。慌ててはいなかった。

払われた刀身は、わずかに宙に浮くかに見えたが、すぐに角度を変えてこちらの二の腕めがけて飛んできた。速い。

しかし弐吉には、その切っ先の動きがよく見えた。もう迷いはない。棍棒を前に突き出した。

「ぎゃああっ」

全身にある力をこめた。まだわずかに、余力があった。相手も避けたが、手ごたえはあった。胸ではなく腹に近いあたりだ。肋骨を折った気配があった。

「ううっ」

ゆっくりと、目の前の侍の体が前に傾いだ。

このときだ。近くで気合いのこもった声が聞こえた。城野原の声だった。弐吉はそちらへ目をやった。

城野原の一撃が、相手の肘を砕いたらしかった。覆面の侍は刀を落とし、片膝をついていた。

もう逃げ出すことはできない。城野原は怪我にかまわず相手の侍の腕を後ろ手に回して、手拭いで縛り上げた。そして着けている頭巾を剝ぎ取った。

現れたのは予想通り、宇根崎将監の顔だった。

弐吉も、倒れている侍の両腕を縛り上げた。その上で頭巾を剝いだ。こちらは阿部仙之助だった。

「大丈夫ですか」

それから弐吉は、冬太の傍へ駆け寄った。

「何てえことはねえ。骨が折れただけだ。じきに治るさ」

顔をしかめながら、冬太は言った。

四

城野原は、近くの町から戸板を運ばせ、二人の身柄を自身番へ移した。

「医者を呼べ」

書役（かきやく）に命じた。現れた医者は、宇根崎と阿部、冬太、そして弐吉の応急手当を施した。その上で城野原は、問いかけをおこなった。

そのやり取りを、弐吉は間近で聞く。

「旗本だから、本来ならば御目付のところへ運ぶんだが、握り潰（つぶ）されちゃならねえから、ここで聞けるだけのことは聞いておくんだ」

冬太が弐吉に、説明をしてくれた。冬太も大怪我をしていたが、口は動いた。

城野原は能登屋から蛭子屋へ回って、店の者から冬太らの動きを聞いた。変事があるとは限らないが、とにかく急いだのだった。今少し遅れたら、どうなっていたか分からない。

宇根崎と阿部を別の場所に置いて、問いかけを始めた。まずは阿部からだ。

「旗本の宇根崎家など存ぜぬが」

初めは、名乗ることも拒んだ。しかし蛭子屋や能登屋の番頭が現れて証言をしたので、白を切り通すことができなかった。

宇根崎将監と阿部仙之助であることを認めた。蛭子屋の番頭は、今日の集金については、前に阿部に話をしたことがあると証言した。

「金があることを知って、襲撃したわけですな」

一応相手は士分だから、言葉はぞんざいにしていないが、犯行の場で捕らえた者だった。城野原も追及の手を緩めない。

阿部は否定をしなかった。

「しかし腑に落ちぬな。四千石の御大身にとって、その程度の金子で当主自らも手を汚すのは、どういうわけでござろうか」

金子が欲しいだけなら、阿部にやらせればいい。

「いや、それは」

答えない阿部に、城野原が続けた。

「吉原の払いも、大きかったであろうからな。四千石でも厳しかったのではござらぬか。阿部殿も気を揉んだであろう」

その言葉で、かたくなに見えた阿部の表情が、微かに緩んだと弐吉は感じた。

「ご譜代であれば、何があっても、従わねばならぬでしょうからな。そこもとが勧めたのではなかろう」

「もちろんだ」

ここでやや間をおいて、阿部は続けた。

「金だけではござらぬ」

「何があったのか」

城野原は穏やかな口調になって問いかけた。

「殿は、御小姓組番頭のお役目についておいでであった」

将軍家に近侍する役目だというのは、弐吉も耳にしている。

「気骨が折れるお役でござりましょうな」

「いかにも。上様は、あれこれと無茶を仰せられるそうな」

消え入りそうな声だ。将軍は、わがままだと告げている。旗本よりも上の大名、それよりも偉い殿様だから、当然だろうと弐吉は考える。

「その憂さは吉原だけでは晴らせなかったのでござるな」

「…………」

返事はしない。弐吉は、阿部が城野原の言葉を認めたのだと受け取った。

「金子を奪ったのは、辻斬り(つじぎ)を糊塗(こと)する意味もあったわけですな」

阿部は下を向いたまま頷(うなず)いた。

「では、黒木屋平之助や上総屋吾平を斬ったのも、宇根崎殿というわけですな」

「それは」

言葉を呑んだ。次の言葉が出ない。顔が歪(ゆが)んでいた。

「黒木屋や上総屋は出入りの商人でござろう。いつ入金があるか、雑談の中で聞き出したのではなかろうか」

犯行の数日前には、会っていた。

「狙いをつけた平之助を襲う前に、その動きを探った。そこで犬に吠(ほ)えられたことがあったと存ずる」

四月四日のことだと付け足した。阿部はどきりとした顔を、城野原に向けた。息遣いが荒くなっている。

「うるさく吠えられて、斬り捨てたのであろう。人が出てきて顔を見られては、後がやりにくくなる」

「犬の死骸は、神田川の土手の草叢に捨てた」

「し、知らぬ」

城野原は、かまわず続けた。

「そんなことは、ござらぬ」

「返り血を浴びた。そのにおいを、屋敷前ですれ違った辻番小屋の番人は、嗅いでござった」

「犬など、斬ってはおらぬ」

「では血のにおいを、どこでつけられたのか」

「ううむ」

「じたばたするのは、見苦しゅうござるぞ」

初めて城野原は強い口調になって言った。それで阿部の体から力が抜けた。

「ううっ」

洟を啜った。すでに蛭子屋の番頭を襲って捕らえられたという、動かしようのない事実がある。阿部は平之助と吾平を殺害し金子を奪った事実を認めた。

ここまでの供述は、自身番の書役が記録して残した。

宇根崎と阿部の身柄は、翌日町奉行所を通して、公儀の目付に引き渡された。御大身の殿様宇根崎将監への尋問については、定町廻り同心ではどうにもならない。

五

五月も末日となった。すでに梅雨が明けて、炎天が蔵前通りを照らしている。眩しい青空に、わた雲が浮いていた。

「ひやっこい、ひやっこい」

水売りが、呼び声を上げて通りを行き過ぎてゆく。商家の藍染の日除け暖簾が、眩しく見えた。弐吉は道に水を撒いたが、すぐに乾いてしまう。小僧たちは交代で水撒きをした。

笠倉屋には、金を借りに来た札旦那が手代を相手に対談をしていた。猪作は、梶谷五郎兵衛の相手をしていた。

切米があって二十日あまりが過ぎた。現れる札旦那の数が増えてきた。

「銀二十匁でよいのだ、何とかならぬか」

「さようでございますねえ」

二人のやり合う声が、客に出す茶を運ぶ弐吉の耳にも入ってきた。そのやり取りには、帳場格子の内側にいる清蔵も目を向けていた。

「どうしましょう」

猪作がそういう目を向けると、清蔵は小さく頷いた。それで銀二十匁を貸すことになった。

普段ならば簡単には貸せないが、今回は特別という話だ。五年以上先の切米が担保になる。

魚油屋主人吾平が惨殺されて、梶谷が有力な容疑者とされた。下手人となれば腹を切るだけでは済まず、御家断絶となる。そうなれば、笠倉屋が梶谷に貸した金子七十二両は露と消えるところだった。

「商人はな、たとえ一文でも、無駄に失うことがあってはならない」

笠倉屋の商いの方針が、堅持された。

宇根崎主従を怪しいと見て、事件の解決に一役買った弐吉の働きは、誰もが認めるところだった。新たな殺傷を防ぐこともできた。

「よくやった」

清蔵だけでなく、普段は口を利くこともない金左衛門からも、弐吉はねぎらいの言葉を貰(もら)った。お狛やお徳、貞太郎は知らぬふりで一言もなかったが、それについては気にしなかった。

二の腕の傷も、浅手だったのは幸いだ。

猪作は恨めし気な目を向けたが、それだけだった。今回の件では、弐吉の働きが際立った。

誰も責めなかったが、猪作は的外れな動きをしていたことになった。

これで店の中の空気が、微妙に変わった。他の手代や小僧が、あからさまに弐吉をいない者のように扱うことがなくなった。それは助かった。夕飯が遅くなっても、もう御櫃（おひつ）の飯や汁が空になっていることはない。

金左衛門や清蔵が、弐吉の働きを認める発言をしたことが大きかった。

「お店も損はなくなったけれど、弐吉さんにとってもよいことだった」

お文はそう言った。

「店には、いなくてはならない人になったわけだから」

と続けた。お文は、余計なことは言わない。それ以外は、何も口にしなかった。

弐吉はこの言葉が、何よりも嬉（うれ）しかった。

通りに目をやると、冬太が手招きをしていた。

先日は右の小手をざっくりとやられて、骨まで傷つけられた。しばらくは痛みもあってたいへんらしかったが、今では布で腕を吊るして街歩きができるようになった。腰に房のない十手を差し込んでいる。

止めを刺されなかったのは、弐吉が相手に躍りかかったからだ。それは分かっているようで、前とは明らかに接し方が変わっていた。

「宇根崎家のその後のことが分かったぜ」

城野原から伝えられたらしい。冬太は知らせに来てくれたのだった。

御目付によって、吟味が行われていることは知っていた。弐吉自身、お調べに御目付の屋敷に呼ばれたこともあった。宇根崎主従の動きについて、調べた内容を問われたのである。

「主の将監と阿部は、死罪になった。あるまじき悪行として、切腹さえ許されなかったようだ」

切腹は、士分の者の名誉の死だ。それが認められなかったことになる。

お家の断絶の話も出たらしいが、宇根崎家は三河譜代と呼ばれる名門だった。

「無役五百石の旗本として、家名だけは残されるようになったらしい」

四千石の御小姓組番頭が、無役五百石というのは大幅な減封だが、それでもよしとしなくてはならない。

「将軍様のお世話がたいへんでも、辻斬りをして町人から金子を奪ったのではどうにもなるめえさ」

「お世話がたいへんだとは、言えないでしょう」

それでもまだ、仕置きは甘いと弐吉は思う。亡くなった吾平や平之助は生き返っては来ない。女房や子どもは、亭主や父親を理不尽に殺されたのである。

「自分と同じだ」

ただ手を下した者に処罰を加えることができたのは、羨ましい。せめてものことだと思った。

「おれだって、いつかは仇を取ってやる」

両親の顔を頭に浮かべながら、弐吉は胸の内で呟いた。

「おお、梶谷様が来ているな」

店の中を覗いて、冬太が言った。梶谷は証文を書き、金子を受け取ったところだ。

冬太は梶谷に、様をつけていた。

「それにしても、梶谷様はどうして、借金を返せたのでしょうか」

弐吉としては、気になるところだった。

「その件だが、城野原様が聞いたんだよ」

こちらが探っていたのは、梶谷も気づいていた。けりがついたところで、城野原はお詫びに行ったのだとか。

「いったい、何と」

「笠倉屋では借りられなかったとのことで、脇差を売ったのだとか」

「大刀はそのままでも、脇差は竹光という話ですね」

「直参が、武士の魂を売ったわけだからな。容易くは話せなかったのだそうな」

「そうですか」

武士の魂など、何の足しにもならない。それで人殺しにされては、身も蓋もないではないかと思ったが、口には出さなかった。

冬太と別れて店の前にいると、今度はお浦が駆け寄ってきた。

「聞いたよ。悪いやつを捕らえる手柄を立てたっていうじゃないか」

明るい顔だ。喜んでくれているのが分かる。口に飴玉を入れてくれた。褒美のつもりらしい。子どもではないぞと思うが、好意は受け取る。

「貞太郎と猪作のやつが、二、三日前に、うちに来て自棄酒を飲んでいたよ」

「へえ、そうですか」

「あんたが手柄を立てたのが気に入らないらしい」

「なるほど」

そういう話ならば、前にもあった。結果的には、猪作は事件の解決に役立たなかった。

「旦那さんや番頭さんが、あんたの技量を認めたのが、何よりも腹立たしかったらしい」

そして一息ついてから続けた。

「いい気味じゃないか」

弐吉もそう思った。

六

お文は、奥の間にいるお狛とお徳、金左衛門と貞太郎、それに清蔵のもとへ茶を運んだ。五人は、改まった表情をしていた。

何事だと気になった。いけないとは思ったが、廊下に出て聞き耳を立てた。

「弐吉の件です」

切り出したのは、清蔵だった。

「それがどうしたんだい」

冷ややかな口調で返したのは、お狛だった。面倒くさいといった気配も感じられた。

「手代にしたいと存じます」

「その話は、前にしたじゃないか。まだまだ早いって」

「そうですよ。あいつは生意気で、満足に挨拶もできやしない。細かいこともまだ無理だ」

貞太郎が、お徳の言葉に続けた。商いの大事な点は、金左衛門と清蔵で決めるが、概要はお狛とお徳にも伝える。どちらも札差稼業がどういうものか、分かっていないわけではなかった。

おおむね話は通るが、番頭や手代にする場合は、二人の賛同を得るのが常だった。貞太郎の意見は参考程度だが、お狛やお徳を動かすことがあった。

「いや、強面の札旦那を相手にするに当たっては、なかなかの度胸です」

刀を抜いて反りを見るふりで脅したり、大きな声を出して凄んで申し入れを通そうとしたりする者にも動じない。これは、前にも話に出たと、お文は聞いている。

清蔵は、さらに続けた。

「今般、旗本宇根崎様主従の件について、猪作と弐吉に調べを命じました。猪作は思い込みが強かったですが、弐吉は細かな疑問を繋いで捕縛の役に立ちました」

「そうですね。あれは偶然ではなかった」

清蔵の言葉に、金左衛門が続けた。

「婿となる丑松が店を出るのも、もうじきです。次の手代を決めなくてはなりません」

それは笠倉屋の、喫緊の問題でもあった。

「他にはいないのかね」

「太助ではどうでしょう」

お徳に続けたのは、貞太郎だ。しかしそれを無視するような清蔵の声が響いた。

「弐吉が最適です」

「私も、そう思います」

清蔵と金左衛門が、きっぱりと言った。商いに関わることで、ここまではっきり言われると、もうお狛とお徳は逆らわない。

「勝手におし」

ということになった。お文は、胸を撫で下ろした。

弐吉は、対談にやってきた札旦那たちに、冷やした麦湯を配っていた。炎天を歩いて来た札旦那は、それを喜んだ。

お文がやって来て、奥の部屋へ来るようにと伝えてきた。

「旦那さんや、おかみさんたちもおいでです」

いつもは暗い顔だが、少し様子が違った。

「へい」

だいぶ緊張した。奥の部屋へ行くのは年に一、二度くらいだ。今年は年初の挨拶をした時以来だ。小僧は廊下に座った。

行ってみると、五人が顔を揃えていた。座敷に通された。

貞太郎は、不満気な顔をしていた。金左衛門が、小さな咳払い（せきばらい）をしてから口を開いた。

「おまえを、明日から手代とする。励むがよかろう」

聞いて、腹の奥が一気に熱くなった。こういう日がいつかは来ると思っていたが、まだ先だと考えていた。話が出れば、貞太郎は反対をするだろうと見ていた。だから喜びは一入（ひとしお）だった。

「あ、ありがとうございます」

体が震えるような気がした。仲間や認めてくれる者などいないと僻(ひが)んだこともあったが、ようやくここまで来た。

これから、本格的に札差稼業も修業ができる。御米蔵の御蔵屋敷へ行き禄米(ろくまい)の代理受領をし、米問屋への販売を行う。金融のための札旦那との対談も始まる。それが何よりも嬉(うれ)しいことだった。

弐吉は十六歳のとき、半元服として角前髪(すみまえがみ)となった。そして今回、手代になるということで、前髪を剃った。剃刀親(かみそりおや)には、清蔵がなってくれた。

いっぱしの商人としての日々が始まる。

「おとう、おかあ」

胸の内で呼びかけた。夢に一歩近づいたことを、伝えたのである。

本書は書き下ろしです。

成り上がり弐吉札差帖

千野隆司

令和5年 10月25日　初版発行

発行者●山下直久

発行●株式会社KADOKAWA
〒102-8177　東京都千代田区富士見2-13-3
電話　0570-002-301（ナビダイヤル）

角川文庫 23867

印刷所●株式会社暁印刷
製本所●本間製本株式会社

表紙画●和田三造

ISBN 978-4-04-114207-3　C0193

◇◇◇

角川文庫発刊に際して

角川源義

第二次世界大戦の敗北は、軍事力の敗北であった以上に、私たちの若い文化力の敗退であった。私たちの文化が戦争に対して如何に無力であり、単なるあだ花に過ぎなかったかを、私たちは身を以て体験し痛感した。西洋近代文化の摂取にとって、明治以後八十年の歳月は決して短かすぎたとは言えない。にもかかわらず、近代文化の伝統を確立し、自由な批判と柔軟な良識に富む文化層として自らを形成することに私たちは失敗して来た。そしてこれは、各層への文化の普及滲透を任務とする出版人の責任でもあった。

一九四五年以来、私たちは再び振出しに戻り、第一歩から踏み出すことを余儀なくされた。これは大きな不幸ではあるが、反面、これまでの混沌・未熟・歪曲の中にあった我が国の文化に秩序と確たる基礎を齎らすためには絶好の機会でもある。角川書店は、このような祖国の文化的危機にあたり、微力をも顧みず再建の礎石たるべき抱負と決意とをもって出発したが、ここに創立以来の念願を果すべく角川文庫を発刊する。これまで刊行されたあらゆる全集叢書文庫類の長所と短所とを検討し、古今東西の不朽の典籍を、良心的編集のもとに、廉価に、そして書架にふさわしい美本として、多くのひとびとに提供しようとする。しかし私たちは徒らに百科全書的な知識のジレッタントを作ることを目的とせず、あくまで祖国の文化に秩序と再建への道を示し、この文庫を角川書店の栄ある事業として、今後永久に継続発展せしめ、学芸と教養との殿堂として大成せんことを期したい。多くの読書子の愛情ある忠言と支持とによって、この希望と抱負とを完遂せしめられんことを願う。

一九四九年五月三日